Como un volcán

Jane Porter

Bianca®

HARLEQUIN

Editado por HARLEQUIN IBÉRICA, S.A.
Hermosilla, 21
28001 Madrid

I.S.B.N.: 84-671-3451-8
Depósito legal: B-51841-2005
Editor responsable: Luis Pugni
Composición: M.T. Color & Diseño, S.L.
C/. Colquide, 6 - portal 2-3º H, 28230 Las Rozas (Madrid)
Fotomecánica: PREIMPRESIÓN 2000
C/. Algorta, 33. 28019 Madrid
Impresión y encuadernación: LITOGRAFÍA ROSÉS, S.A.
C/. Energía, 11. 08850 Gavá (Barcelona)
Fecha impresion para Argentina: 7.8.06
Distribuidor exclusivo para España: LOGISTA
Distribuidor para México: CODIPLYRSA
Distribuidores para Argentina: interior, BERTRAN, S.A.C. Vélez
Sársfield, 1950. Cap. Fed./ Buenos Aires y Gran Buenos Aires,
VACCARO SÁNCHEZ y Cía, S.A.
Distribuidor para Chile: DISTRIBUIDORA ALFA, S.A.

Prólogo

AHORA ella estaba durmiendo con el enemigo.

Con los puños apretados y los músculos en tensión, Maximo observó a Cassandra, su mujer, su amante, aceptar la mano de Emilio Sobato para apearse del lujoso automóvil deportivo que acababa de detenerse delante de la puerta principal de la residencia familiar de los Guiliano en el pueblo siciliano de Ortygia.

Entre fascinado y asqueado, Maximo vio cómo Emilio rodeaba posesivamente la cintura femenina con el brazo y le rozaba ligeramente el lóbulo de la oreja con los labios, susurrándole algo.

Maximo tragó saliva y sintió el amargo sabor a bilis en la garganta.

«No debería sorprenderte», se dijo para sus adentros. «Las mujeres son tan traicioneras como los hombres».

«O incluso más».

Pero Cass nunca le pareció del tipo de mujer deseosa de burlarse de un hombre. Cass había sido diferente.

¿O no?

A Maximo le ardían las entrañas. Era como si hu-

biera ingerido un litro de ácido que le estaba corro-
yendo por dentro.

¿Por qué había pensado que ella era diferente?
¿La conocía de verdad? Y al revés, ¿ella lo conocía
a él?

La puerta de su estudio se abrió. Escuchó unos
pasos detrás de él, y después una mano delicada se
posó en su espalda.

—Ha llegado Emilio.

Era Adriana, su hermana pequeña, que contraía
matrimonio ese fin de semana, y estaba preparán-
dose para la celebración en honor de los novios que
tendría lugar aquella misma tarde.

—Ha traído a una de sus conquistas con él —continuó Adriana, en el mismo tono bajo y furioso—.
¿Cómo se atreve a hacerte esto? ¿A mamá? ¿A todos
nosotros? ¿Qué clase de hombre es?

Maximo curvó los labios mientras seguía mirando por la ventana, pero sus ojos no estaban en
Emilio, sino en Cass, en los altos tacones de aguja,
la blusa de encaje negro, el corte de la elegante falda
negra de punto que cubría las piernas más bellas y
perfectas que había visto en su vida.

Maximo conocía perfectamente aquellas piernas.

Durante tres años habían sido suyas, las había separado y saboreado, las había sentido rodeándole la
cintura mientras la poseía y la hacía completamente
suya.

Y la había hecho suya muchas, muchas veces en
los últimos dos años y medio que habían estado juntos.

Cass había sido la amante ideal, la querida perfecta, hasta que rompió el acuerdo que había entre los dos. Y entonces él hizo lo que habían acordado hacer. Irse, continuar con su vida lejos de ella.

Ahora parecía que ella también había continuado con la suya. Y lo peor era que la había rehecho con Sobato, su acérrimo enemigo.

Maximo miró a su hermana, con una expresión que ocultaba más que revelaba.

–¿Qué clase de hombre es? –repitió la pregunta de su hermana–. Ya conocemos la respuesta. Un traidor.

–Un cerdo –lo interrumpió Adriana, con rabia.

–Y un ladrón –concluyó él, con voz fría.

Abajo, Emilio y Cass estaban subiendo los escalones de piedra antigua de la entrada principal.

–Lo odio –le dijo Adriana, acercándose a su hermano–. Lo odio. Lo odiaré siempre por lo que te hizo.

Maximo se volvió y le tomó la cara entre las manos:

–No merece la pena, cielo.

–Pero tú sí –dijo su hermana, tensándose. Sin poder evitarlo, rompió a llorar–. Tú eres Maximo, mi hermano mayor y mi héroe desde siempre.

Por un momento, Maximo no pudo respirar. Sintió una fuerte presión en el pecho, los pulmones apretados, y todo a su alrededor se oscureció. No podía ver, ni pensar, ni sentir. En ese momento no había pasado, ni futuro, ni presente. Sólo oscuridad, la oscuridad que se asienta dentro del corazón de los hombres.

Mi hermano mayor, mi héroe.

Las palabras inocentes de su hermana penetraron la oscuridad que lo envolvía.

Poco a poco, la presión del pecho se relajó y sus pulmones se llenaron de aire. La oscuridad desapareció y Maximo pudo reír.

—Ya no quedan héroes, Adriana. Sólo hombres.

Adriana se echó hacia atrás y lo miró a la cara, con los ojos todavía húmedos por las lágrimas.

—Te equivocas. Tú eres siciliano. Uno de los grandes —le aseguró la joven. Y con un beso en el mentón, se colgó de su brazo—. Ven, vamos a mi fiesta. Te necesito a mi lado para celebrarlo.

Capítulo 1

D E VERDAD quieres entrar? –preguntó Emilio, en tono burlón–. Todavía estamos a tiempo de volver a Roma.

Cass estaba inmóvil en la imponente escalinata de piedra del *palazzo*. Tenía que entrar. Tenía que hacerlo. No le quedaba elección.

–En cuanto traspases esas puertas, será demasiado tarde –continuó diciendo Emilio, inclinándose hacia ella–. Una vez dentro de la casa, no creas que podrás volverte atrás.

La mezquindad en los ojos masculinos la repelía. Emilio había sido el mejor amigo de Maximo y también su socio, pero ahora eran enemigos.

–No pienso huir –dijo ella, contemplando la hermosa fachada del *palazzo*, la residencia familiar de los Guiliano.

Las esbeltas columnas de piedra que flanqueaban la entrada sostenían un balcón de hierro forjado que se alzaba orgulloso sobre la plaza de estilo medieval de Ortygia, una pequeña ciudad siciliana junto a la costa. Era una mansión impresionante y espectacular.

¿Y por qué no iba a serlo? Maximo era un hombre impresionante y espectacular.

Impresionante, espectacular y cruel.

Por un momento, Cass sólo sintió dolor. Dolor por la pérdida. Aunque ni una décima parte de lo desgarrador que había sido seis meses atrás, cuando se sintió como si Maximo le hubiera clavado un clavo de hierro ardiendo en el corazón.

Entonces respirar le dolía.

Pensar la abrasaba.

Sentir era una auténtica agonía.

Cass respiró hondo al recordar el infierno en el que se había hundido. Maximo la había destrozado. Había hecho añicos todo lo hermoso que había dentro de ella. En un abrir y cerrar de ojos.

Sintió una oleada de fuego abrasador en las venas. Una oleada mezcla de fuego, rabia, y dolor.

Lo había amado. Más de lo que jamás creyó poder amar a nadie. Pero para él ella no había significado nada. Sólo había sido un cuerpo que él había utilizado a placer. En su cama.

Emilio le rozó el brazo.

—Para que esto funcione tiene que creer que estamos juntos, que nuestra relación va en serio.

—Lo creerá —le aseguró ella, tragando saliva.

Emilio no le caía bien, pero lo necesitaba. Era su billete para entrar en casa de Maximo.

—No he venido hasta aquí para irme sin entrar.

—Venga, vamos a repasarlo. ¿Cuándo nos conocimos? —insistió Emilio.

—El dieciséis de abril —respondió ella.

—En la entrega de los premios EFFIE. Te pedí que te casaras conmigo durante un romántico fin de semana en las Seychelles, y nos casaremos dentro de seis meses en Padua –dijo él, y estiró la mano para apartarle un mechón dorado de la cara–. Nunca te perdonará.

Por un momento, Cass se quedó sin aliento. No podía respirar. No quería que Maximo la odiara, no quería que la considerara una enemiga. Ella había sido suya. Le había pertenecido en cuerpo y alma, pero ahora necesitaba cerrar la puerta del pasado y concentrarse en el futuro para poder rehacer su vida sin él.

Cass se llevó una mano al vientre. Su relación había terminado hacía seis meses, y ella todavía era prácticamente incapaz de funcionar con normalidad.

Sabía que así no podía continuar. Estaba agonizando en el trabajo, perdiendo los encargos publicitarios que tanto trabajo y esfuerzo le había costado lograr, perdiendo el respeto de sus compañeros de profesión y el de sus clientes. No podía dejar que un corazón destrozado arruinara el resto de su vida.

Había llegado el momento de rehacerla y por eso había accedido a presentarse en la boda de la hermana de Maximo como la prometida de Emilio.

–No importa. Sólo quiero paz.

Cass había pasado los últimos seis meses tratando de aceptar que Maximo y ella habían terminado para siempre. Habían sido los seis meses más horribles que hubiera podido imaginar, e incluso después de superar el dolor físico, Maximo no dejaba de estar constantemente presente en su mente.

Llevaba seis meses sin él, y parecían como seis años. En todo aquel tiempo, no hubo ni una llamada, ni una tarjeta, ni una palabra.

Él simplemente desapareció de su vida.

¿Y por qué no?

Ella sólo había sido su querida, y nunca le había pedido nada más que sexo.

Bruscamente, Cass echó a andar y terminó de subir la amplia escalinata que conducía a las inmensas puertas de madera de la mansión de piedra. Segundos más tarde, éstas se abrieron y el mayordomo los hizo pasar a un magnífico salón situado a la derecha.

—Enhorabuena, Cass. Lo has hecho.

Ahora ya no había tiempo para arrepentimientos. Emilio mantenía el brazo alrededor de su cintura, y ella, mientras contemplaba admirada los techos pintados en tonos dorados, azules y rosas del salón, se dio cuenta de la estupidez que había cometido.

¿Por qué había elegido enterrar definitivamente su amor por Maximo de forma tan trágica y melodramática?

Tenía que haberlo enterrado sola, porque él nunca la amó. Maximo adoraba su cuerpo, eso sí, pero nada más. Aunque ella sólo fue totalmente consciente de la brutal realidad cuando, seis meses antes, se había atrevido a decirle, apenas en un susurro, que necesitaba más.

Y cuando Maximo respondió en un rugido malhumorado: «¿Más? ¿Has dicho más?»

—¿Qué demonios haces aquí?

La conocida voz a su espalda provocó un estremecimiento por todo su cuerpo. Maximo.

Cass se tensó, y se volvió lentamente hacia la voz, el cuerpo caliente y helado a la vez. Desde el principio había sido consciente de Maximo como pura energía, como una fuerza vital que la dominaba por completo.

Maximo.

Impecablemente vestido, en un traje negro que le quedaba como sólo un traje italiano podía quedar, y una camisa y corbata verde salvia que no hacían más que acentuar el tono moreno de la piel, los cabellos negros y las facciones marcadas.

A Cass se le hizo un nudo en el estómago. El deseo era casi tan intenso como el dolor que se apoderó de su corazón.

Quiso apartar la mirada, pero no pudo. Lo había echado muchísimo de menos. Su cuerpo. Su cara. Todo. Pero sobre todo su cuerpo. Sobre todo la forma de tenderse sobre ella, de sujetarle las muñecas, de abrazarla, de hacerle el amor.

Lo que hubo entre ellos fue sexo y pasión, una pasión ardiente, explosiva y embriagadora que la hizo convertirse en su esclava.

En el salón había más gente, más hombres altos y grandes, pero ninguno con el porte seguro y arrogante de Maximo. Ninguno de los presentes tenía una presencia física tan intensa.

–Me alegro de verte –dijo Emilio, llenando el tenso silencio.

–No tienes nada que hacer aquí –dijo Maximo, ignorando por completo a Cass, cosa que a ella no la sorprendió.

Cuando Maximo tomaba una decisión, no volvía la vista atrás ni se arrepentía.

–Estoy invitado –respondió Emilio, alzando la copa de vino con gesto burlón.

—No por mi familia.

—No —dijo Emilio, con una sonrisa —, por la del novio. Mi padre y el padre de Antonio se conocen desde hace mucho tiempo. ¿Qué vas a hacer ahora? ¿Cancelar la boda? —le desafió el recién llegado.

—No, sólo tendré que deshacerme discretamente de ti —respondió Maximo, con los dientes apretados—. No será difícil.

—Con tus contactos desde luego que no.

—Si tuviera contactos con la mafia como insinúas, ya no estarías aquí —dijo Maximo, en tono amenazador. Entonces volvió la cabeza y clavó los ojos negros en Cass—. Y habría sabido de ti —añadió suavemente, en un tono aterciopelado cargado de amenaza.

El corazón de Cass se detuvo y dio un vuelco cuando la mirada dura de Maximo se posó en ella.

Vio cómo él la estudiaba con detenimiento, y se dio cuenta de lo poco que lo conocía.

¿Por qué había tomado la decisión de ir? Ahora veía con total claridad que nunca podría haber paz entre ellos. Nunca podría poner un punto final definitivo a sus sentimientos por él.

Ella lo había amado con toda su alma, pero él a ella no. El recuerdo era como un cuchillo afilado que le perforaba el alma. ¿Cómo podía haberla olvidado tan pronto?

—Os acompañaré a la puerta —dijo Maximo, con dureza, señalando con la mano hacia la entrada.

—Siento desilusionarte, amigo mío —respondió Emilio, pasando el brazo por el hombro de Cass y besándola en la sien —, pero no vamos a ninguna parte. Cass y yo nos quedamos.

–Es la boda de mi hermana –respondió Maximo, furioso.

–Qué romántico, ¿eh? –dijo burlón Emilio.

Pero Maximo no le estaba prestando ninguna atención. Sólo tenía ojos para Cass, y su expresión era tan dura, tan peligrosa que Cass respiró hondo y se recordó que debía ser valiente.

–¿De verdad estás con él?

–¿Algún problema? –dijo Emilio, apretando a Cass contra él.

–No te he preguntado a ti –respondió Maximo, sin dejar de mirar a los ojos de Cass–. Quiero oírselo a ella.

–¿Por qué? –susurró Cass, con la boca completamente seca y el corazón latiéndole con fuerza–. Tú me abandonaste, si no recuerdo mal.

Los labios de Maximo se curvaron, pero no era una sonrisa agradable.

–Pero, ¿por qué Sobato, Cass? ¿Por qué él?

–Porque sabía que te pondría furioso –dijo ella, con una descarada sonrisa, ocultando el dolor que envolvía su corazón.

Tenía que hacerlo, tenía que superar lo que sentía con él y recuperar su vida y su confianza de siempre.

–Zorra.

La maldijo en voz tan baja, con tanto dolor y rabia en la voz, que Cass sintió amargas lágrimas de odio en los ojos.

Nunca había oído a Maximo hablarle con tanto desprecio, y aunque lo había esperado, el insulto fue como un mazazo.

–Zorra –repitió él, con voz áspera, y esta vez Cass se sintió helada y paralizada por dentro.

Lo vio girar sobre sus talones y alejarse.

«Esto no está bien. No puedo hacerlo», pensó, desesperada y presa de pánico, y se sintió otra vez hecha añicos por dentro y escuchó la terrible grieta de dolor que se abría en su pecho.

De repente la cabeza de Maximo se volvió hacia ella, y sus miradas se encontraron, la de él cargada de odio y desprecio. Desde el principio, Cass admiró su fiereza, su tenacidad, su capacidad para hacer lo que quería. Fue una de las cosas que lo atrajo de él al principio, y una de las razones que la mantuvo a su lado.

–Me lo pagarás –dijo él en voz baja, ajeno a todo excepto a ella–. No creas que no.

No podía creer que aquélla fuera la mujer que había llegado a desear más que a ninguna otra, la mujer en la que había confiado con todas sus fuerzas. Con una confianza plena.

Pero incluso sintiendo toda aquella rabia y desprecio, no pudo evitar sentir el impacto de su suave belleza acaramelada, su aplastante sensualidad, las curvas del cuerpo que también conocía. La blusa negra de encaje moldeaba los senos y la cintura estrecha, y resaltaba los tonos ámbar y dorados de su pelo y el topacio de sus ojos, que tenían destellos de fuego y luz. No necesitaba maquillaje para resaltar su belleza. Tampoco ropas elegantes ni joyas. Ningún accesorio podía hacer a Cassandra Gardner más femenina ni más seductora de lo que era.

–No tengo miedo –le espetó ella, apretando con fuerza la copa de vino.

Pero Maximo reparó en la respiración acelerada y los labios entreabiertos, y tuvo el impulso de estirar la mano y acariciar con el pulgar los labios carnosos. Quería sentir su piel, quería hacerla suya otra vez.

No podía estar con Emilio Sobato. Emilio era basura, mientras que Cass era...

Suya.

Su amante.

Totalmente suya.

No había otra manera de pensar en ella. Cassandra era suya.

Sólo suya.

–Deberías tenerlo –respondió él, recordándolo todo.

El aspecto de Cass en la cama, su cuerpo bajo el suyo, deseándola insaciablemente, buscándola dos o tres veces por noche, noche tras noche.

–Te conozco, Cass.

Cass dio un paso atrás, sujetando la copa con dedos húmedos por el sudor. Estaba temblando por dentro, destrozada por su cercanía y la intensidad de sus sentimientos.

Seguía enamorada de él. Demasiado. Había sido una locura ir allí. Una estupidez. Ahora lo estaba persiguiendo... persiguiendo a Maximo. Cielos, ¿cómo había sido tan inconsciente? Había perdido totalmente el juicio.

–Conoces a la mujer que fui –dijo ella, desafiante–. Pero no a la que soy.

–¿Has cambiado? –preguntó él, mirándola a los ojos.

—Ya no estoy contigo, ¿no?

Maximo sonrió, y ella deseó hacer desaparecer aquella presumida sonrisa de los labios.

—Lo estarías si pudieras —murmuró él.

A pesar del elegante atuendo de Maximo, su aspecto era más de bestia que de hombre. Un jaguar. Un depredador. Y Cass se sonrojó, sintiéndose atrapada y expuesta por una mentira, porque lo que era cierto era que Maximo tenía razón.

Si él no la hubiera dejado, ella seguiría con él. Ella nunca hubiera podido alejarse de él. No era tan fuerte. Lo necesitaba y lo deseaba demasiado.

—Te odio —dijo ella.

—No me sorprende.

Cass parpadeó, trató de recuperar la compostura y mantenerse firme y seria. No podía desmoronarse ahora, con Emilio escuchando cada palabra y más de cincuenta invitados reunidos en el gran salón del *palazzo* siciliano, y por eso se volvió hacia Emilio y le tocó el brazo.

—¿Vamos a buscar otra copa? —sugirió, sonriendo a su acompañante, para evitar que las lágrimas se agolparan en sus ojos y se derramaran por sus mejillas.

—Si tienes sed, Sobato estará encantado de ir a buscarte algo de beber —respondió Maximo—. Tú y yo aún no hemos terminado.

Cass apenas le dirigió una breve mirada de soslayo.

—Me temo que sí.

—Olvidas que ésta es mi casa —le recordó Maximo, dando un paso hacia ella—. Has invadido mi hogar, has violado mi intimidad. No creas que estas agresiones no tienen un precio.

–Dime cuál es ese precio –respondió ella, furiosa con él, furiosa consigo misma.

Todo el pasado se hizo presente en un segundo. Todos los recuerdos de entonces, de amor y de soledad, del precipitado viaje al hospital a medianoche, del intenso dolor, y la desgarradora sensación de pérdida y vacío.

–¿Necesitáis un momento a solas? –preguntó Emilio, solícito de repente, hipócritamente inocente–. Iré a buscar unas copas.

–Excelente idea –respondió Maximo, adelantándose al rechazo de ella.

Emilio no perdió ni medio segundo y se alejó.

–Tu prometido no parece muy dispuesto a protegerte –dijo Maximo siguiendo con los ojos entrecerrados al hombre que había sido su socio y su amigo y que ahora era su peor enemigo.

Cass también lo siguió con la mirada mientras se alejaba, y sintió la debilidad de su cuerpo, las piernas que le flaqueaban y apenas lograban sostenerla.

–Quizá porque sabe que no representa ninguna amenaza.

–Sabes tan poco, *cara* –dijo Maximo, con una amarga sonrisa–, que da miedo. Dime, ¿qué estás haciendo aquí? ¿Por qué has venido?

–Ya te lo he dicho...

–No esa mentira. La verdad. Quiero la verdad.

–¿La verdad?

La voz femenina se quebró bajo la dura mirada de los ojos negros que la abrasaban.

Maximo la hacía ser totalmente consciente de su propia piel y de su propio cuerpo. No se tocaban, y sin embargo era como si las manos masculinas la acariciaran cada centímetro de la piel. El corazón le latía aceleradamente, y tenía las entrañas tensas y ardiendo. Bajo la suave tela de la falda, las rodillas le temblaban.

¿Cómo era posible continuar sintiéndolo con tanta fuerza? ¿Seguir deseándolo tanto?

Lo que deseaba por encima de todo era paz. La necesitaba. Pero con Maximo era imposible. Con él sólo había rabia, dolor, deseo.

—Venga, dime qué es lo que estáis tramando. Dime la verdad... si es que puedes acordarte.

Cass abrió la boca, y la cerró, avergonzada. Avergonzada e indignada.

Lo odiaba.

Con toda su alma.

¿Cómo podía haber sentido tanta cercanía e intimidad con él? ¿O acaso la intensa química sexual que había entre ellos la hizo creer que su relación podía ser algo más?

—No estás con él, ¿verdad, *bella*?

Bella. Él siempre la llamaba *bella* cuando la acariciaba, cuando le hacía el amor, y el término se había grabado en lo más hondo de su alma.

Cass parpadeó, reprimiendo el dolor y las lágrimas. Alzando los hombros, lo miró desafiante.

—Claro que sí —dijo ella, tragando saliva—. Estamos prometidos.

—¿Prometidos? —repitió él, como si fuera una palabra que no había oído nunca.

–Nos casaremos en abril.

Por un momento él no dijo nada. Se limitó a retirar unos mechones dorados de la cara femenina, y sujetarlos detrás de la oreja.

–¿Por qué haces esto, Cass?

–¿El qué?

–Fingir...

–Es la verdad –dijo ella, forzando una sonrisa para tratar de esconder las lágrimas de sus ojos–. Nos casaremos en abril. En Padua.

Maximo se puso lívido.

–¿Padua?

–Sí –dijo ella, con una falsa sonrisa–. Eso nos da seis meses para preparar la boda.

–¿Por qué Padua? –preguntó él, furioso.

–Emilio dijo...

–¿Qué dijo Emilio? –le urgió Maximo.

La estaba mirando como si hubiera visto un fantasma, con los ojos vidriosos, sin ver.

–Que la ciudad tiene un significado especial para él.

Bruscamente, Maximo se volvió, con las facciones endurecidas, la piel tensa y pálida como piedra pulida.

–Vete –dijo con voz baja y ronca–. Vete antes de que te eche con mis propias manos.

Capítulo 2

NO ME iré –dijo ella, zafándose de la mano que le sujetaba el codo–. No he venido sólo para torturarte. Necesitaba ver algunas cosas. Había cosas que tenía que saber.

La expresión de Maximo cambió de repente, y sus ojos negros se iluminaron con interés.

–¿Qué cosas?

–Necesitaba entender por qué no pude ... –la voz femenina se quebró, y no pudo terminar. Cass aspiró hondo y se armó de valor antes de continuar–. Tener más de ti. Tenía que entender por qué nunca me diste más...

De repente Cass se dio cuenta de que había hablado demasiado. Por la expresión de Maximo se dio cuenta de que había mostrado su juego con toda claridad.

–No eres su prometida –dijo Maximo, sombríamente–. Esto es una farsa.

–No. Es la verdad. Estoy...

–Si te vas a casar con él, ¿por qué te importa tanto lo nuestro?

–Quizá porque no quiero cometer el mismo error.

Desde que él la dejó, Cass había sufrido más de lo que jamás creyó posible, y el dolor le había enseñado una cosa: que era capaz de hacer todo lo que quisiera.

–Quizá porque quiero entender lo que pasó para que no me vuelva a ocurrir.

–Entiendo tu sed de conocimiento, *carissima*, pero éste no es el momento –dijo él, con el ceño fruncido, la expresión sombría.

–Contigo nunca es el momento –le espetó ella–. Ha sido una locura venir aquí con Emilio, pero quería ver... No, necesitaba ver, qué era lo que no querías compartir conmigo.

–Teníamos un trato...

–Sexo –lo interrumpió ella, amargamente, deseando haberse contentado sólo con eso.

Al principio había sido suficiente, si eso era todo lo que Maximo estaba dispuesto a ofrecer... en un primer momento.

Pero desde la primera vez que hicieron el amor, ella quiso más, sintió más, necesitó más. Con Maximo lo quería todo, quería una unión y unos vínculos como los que mantienen dos personas que se unen para siempre.

Cuando lo conoció, sólo pensó en una aventura cargada de pasión, un romance sin compromisos ni peligros. Igual que él.

¿Por qué tuvo que cambiar aquella situación?

Ahora lo sabía. Los hombres no tenían las mismas necesidades que las mujeres. Un hombre podía vaciarse en una mujer y no volver la vista atrás. Una mujer lo abrazaba, lo envolvía, contenía su pasión. Aunque la mujer quisiera olvidar, parte de ella recordaba. Siempre recordaba. Y cuanto mejor era el sexo, cuanto más exquisita era su relación en la cama, más quería la mujer que la relación fuera una relación basada en el amor, y no sólo en el placer físico.

—Conocías el trato —dijo él, con la mandíbula tensa.

—Las cosas cambian —respondió ella, pero él no dijo nada.

Era una reacción muy propia de él. Callar cuando no le gustaba el rumbo que tomaba la conversación. Qué suerte era ser un hombre. Qué suerte poder refugiarse en el silencio, en la superioridad de no dar una respuesta.

—Dime —continuó ella, ladeando la cabeza, sonriendo amargamente y tratando de ignorar la rabia en los ojos masculinos y la fría expresión de desprecio en su cara. Un desprecio y una frialdad que ya no podían herirla—, ¿quién es la nueva amante?

—No seas ridícula.

—Nunca he sido ridícula —dijo ella, cruzando las manos sobre el pecho para que él no viera cómo le temblaban—. Nunca te pedí nada. Sólo te di.

—Tenías de sobra, *bella*.

—En la cama.

—Eso era lo que querías.

La rabia que se apoderó de ella abrió llagas de dolor por todo su cuerpo.

—Si llego a saber que sólo sería sexo, habría sido más egoísta, habría pedido más satisfacción. Habría exigido un orgasmo cada vez que me tocabas.

El destello de sorpresa en los ojos masculinos apenas duró unas décimas de segundo. Maximo dio un paso hacia ella.

–Ésa no es la manera de llegar a mi corazón.

–¡Bien! No quiero tu corazón –dijo ella, inclinándose hacia él–. Es pequeño, negro y duro. De hecho, deberías hacerte un chequeo, porque es posible que no tengas corazón.

Maximo aspiró profundamente, con los labios apretados de rabia.

–No tengo tiempo para hacer...

–No tienes que hacer nada. Sólo ignorarme. Es lo que mejor sabes hacer, ¿no?

–Cassandra.

–¿Sí, Max? –le desafió ella, abreviando su nombre, a sabiendas de que él lo odiaba.

La mano masculina le sujetó con fuerza el brazo, clavándole los dedos.

–Ésta es mi familia –dijo él, en voz baja–. Ésta es una fiesta privada, y no permitiré que la estropees la víspera de la boda de mi hermana.

–Entonces sois una familia muy unida, ¿eh? No tenía ni idea. Pero claro, tú y yo nunca llegamos a conocernos bien, ¿verdad?

–Estuvimos dos años juntos.

–¿En serio? ¿Tanto? –dijo ella, con una risita–. Nadie lo diría –añadió, con una risa hipócrita cargada de amargura.

Sabía perfectamente cuánto tiempo habían estado juntos. Recordaba la primera noche con total claridad, y también las mil noventa y cinco noches que habían pasado desde entonces hasta ahora.

–Nos conocemos bastante bien –le aseguró él.

—No tanto —le contradijo ella, en un tono de voz más profundo y fuerte de lo normal.

Cass tenía una voz grave para una mujer, pero ahora sonaba mucho más ronca. Seis meses de llanto y sufrimiento habían hecho mella en sus cuerdas vocales y le habían destrozado el corazón, pero al menos ahora podía mirarlo a los ojos y no romper a llorar. Ya no le quedaban lágrimas.

Ahora tenía que empezar una nueva vida. No más sufrimiento, no más locuras, no más amor. Quería dejarlo todo atrás y empezar de cero, iniciar una nueva vida en la que no dependiera de nadie.

Ni tuviera que pedir ayuda a nadie.

Ni pensara que no podía hacerlo sola.

Cass forzó una burlona sonrisa.

—Yo sabía quién eras —continuó—, y lo que hacías, pero nunca conocí a tus amigos ni a tu familia. Nunca me incluiste en tu verdadero mundo, y eso era lo que yo quería, no sólo tu cama.

—¿Y Emilio te da su verdadero mundo?

Cass sonrió enigmáticamente.

—Eso y mucho más.

—¿Cuándo empezaste a salir con él?

Cass frunció el ceño, fingiendo tratar de recordar.

—¿Febrero? ¿Marzo?

La expresión masculina se ensombreció todavía más.

—En febrero aún estábamos juntos. Te llevé a París el día de San Valentín.

—Entonces sería marzo.

—No perdiste el tiempo —respondió él, brutalmente.

¿Perder el tiempo? Cass recordó lo que había sucedido en realidad, el inmenso dolor y después la noticia del embarazo. Maximo la abandonó de repente. En mitad de la noche salió de su cama y de su apartamento para siempre, y tres semanas más tarde, ante el retraso de la menstruación, Cass se hizo una prueba de embarazo. Y después otra. Y después otra.

Después siguieron las largas y difíciles semanas de embarazo, y por fin, cuando le comunicaron que el bebé tenía muchos problemas, cambió profundamente. No pudo apoyarse en nadie, no tuvo a nadie a quién acudir en busca de consuelo o consejo. Tuvo que enfrentarse a la situación sola.

Cass se encogió de hombros, fingiendo una indiferencia que no sentía.

–Tú no ibas a volver, y Emilio me trató bien. En fin, espero que te alegres por nosotros.

–¿Que me alegre?

–Los dos queremos que vengas a la boda y...

Maximo apretó la mano en su brazo y tiró de ella para sacarla del salón. Sin soltarla, la condujo por un pasillo tenuemente iluminado hasta un pequeño vestíbulo en la parte posterior de la mansión. Allí se detuvo y la apretó contra la pared. Después, pegó su cuerpo al de ella y le separó las piernas con la rodilla.

–Emilio no es el hombre que necesitas, Cass.

–Tú eras el hombre que yo no necesitaba. Él lo es. Y me advirtió de que intentarías separarnos.

–Está jugando contigo, Cass. Para vengarse de mí. Él no puede darte lo que tú necesitas.

Cass sonrió, desafiante.

–Ya lo creo que sí. Es el mejor amante que se puede pedir y me ha convertido en su esclava.

Maximo perdió totalmente el control. Hundió las manos abiertas entre los cabellos femeninos y los sujetó con rabia.

–Es imposible que tengas con él lo que tuviste conmigo.

Maximo se inclinó sobre ella, furioso, y de repente le cubrió el seno con la palma de la mano.

–Esto era mío –dijo.

–Ya no lo es –le espetó ella.

La mano masculina descendió hasta su vientre.

–Y esto también era mío.

–Ahora es de Emilio.

–Él no sabe acariciarte.

–Te sorprendería –respondió ella, tensándose mientras él continuaba acariciándole primero la cadera y después entre las piernas, posesivamente.

Maximo se inclinó más hacia ella, y le rozó el lóbulo de la oreja con la boca.

–Y esto era mío. Definitivamente mío. Para hacer lo que yo quisiera.

El calor de la mano masculina en la zona más sensible de su cuerpo la hizo estremecer.

–No –gimió ella, sintiendo cómo le temblaban las piernas.

Pero él no retiró la mano, sino que continuó acariciándola con la palma.

–Di lo que quieras, pero te conozco, Cass. Él nunca podrá darte el placer que puedo darte yo. Sólo lo haces para hacerme sufrir, ¿verdad?

Cass estaba dividida entre la fascinación y el

miedo. Aquél no era el Maximo que había sido el amante perfecto y discreto que ella había conocido. Parecía un hombre diferente, un hombre que ella había sospechado que existía, pero que nunca había visto.

–Maximo, déjame.

–¿Para que puedas correr a su cama?

La idea de que Emilio la tocara le resultaba especialmente nauseabunda.

–Maximo –gimió ella.

La voz femenina se entrecortó. Cass no sabía qué quería de Maximo: ¿Amor? ¿Perdón? ¿Conmiseración?

Escuchar su nombre en un gemido cargado de tanta desesperación no hizo más que enloquecerlo, y Maximo buscó el dobladillo de la falda ceñida, dobló el tejido y buscó con los dedos la piel desnuda debajo.

La boca femenina se abrió en un gemido mudo, y Maximo deslizó la mano entre sus muslos para apartar la poca tela del tanga y apretar con la palma de la mano su zona más sensible.

Cass se estremeció, a la vez que los dedos masculinos la buscaban, la acariciaban. Maximo la conocía. Sabía cómo excitarla y controlarla sólo con tocarla.

Con los ojos clavados en ella, Maximo se dio cuenta de que Cass estaba indefensa ante sus caricias y no perdió la oportunidad.

Sin dejar de mirarla con la misma expresión posesiva de siempre, trazó con los dedos los labios suaves y el contorno de su sexo, y entonces ella jadeó, incapaz de reprimirse.

Lentamente, Maximo deslizó un dedo en su interior, provocando un deseo más fiero y ofreciendo un placer más completo.

«Más», dijo ella para sus adentros, cegada por la pasión. «Más».

Pero él continuó acariciándola como a ella le gustaba, despacio, sin prisas, demostrándole que conocía su cuerpo mejor que ella misma, demostrándole cuánto lo deseaba.

Era una tortura.

Una deliciosa tortura y un castigo.

Con los codos pegados a la pared, las manos contra el pecho masculino y los brazos inmóviles entre los de él, Maximo la tenía aprisionada de tal manera que ella no se podía mover.

Sólo sentir. Recordar. Desear apasionadamente. Como ahora.

Cass sabía que Maximo podía hacer con ella lo que quisiera. Era una vergüenza, pero siempre había sido así. Él era el único hombre capaz de terminar con todas sus inhibiciones, el único que podía hacerla sentir con total intensidad.

A lo lejos escuchó que alguien la llamaba.

Emilio. Era Emilio buscándola.

—Viene Emilio. Está a punto de llegar —jadeó ella, mientras su cuerpo se convulsionaba al ritmo de las caricias de él.

—Tú también —susurró él.

—Por favor.

—Te sientes un poco desnuda, ¿verdad? —sonó la voz de Maximo en su oído, áspera, profunda y burlona—. Bienvenida a mi mundo.

Pero entonces la soltó. Incluso le colocó bien el tanga y la falda, y se aseguró de que todo estuviera en su sitio.

Emilio se asomó por la esquina y no pareció en absoluto inquieto al verlos juntos.

—Oh, estáis aquí —dijo con una sonrisa—. ¿Habéis terminado vuestra conversación?

Maximo curvó el labio inferior y tensó la mandíbula, dura como si fuera de granito. Ni siquiera miró a Cass.

—Es toda tuya.

En cuestión de segundos, Maximo había desaparecido.

Cass temblaba apoyada en la pared. Se volvió a mirar a Emilio, pero apenas podía verlo.

¿Cómo era posible que Maximo todavía fuera capaz de despertar tanta pasión en ella? ¿Cómo podía desnudarla y dejarla totalmente sin control?

—¿Quieres volver a la fiesta o prefieres subir a la habitación? —preguntó Emilio, echando un vistazo al reloj de pulsera—. La cena es dentro de dos horas.

Cass no podía ni imaginarse de nuevo en el salón de invitados, cerca de Maximo.

—Prefiero descansar un rato.

Emilio la tomó del codo y la llevó a la habitación que les habían reservado. Allí Cass se sentó al pie de la cama.

Emilio estaba dando vueltas por la habitación, estudiando los muebles, las cortinas, los acabados.

—No es la mejor habitación —dijo, cerrando la puerta que había quedado entreabierta—. Pero podría ser peor. ¿Qué te ha dicho Maximo? —preguntó—.

¿Le has contado lo de nuestro compromiso, y la boda en abril?

Emilio se dejó caer en un sillón al pie de la cama.

—Sí. En Padua. ¿Por qué nos casamos en Padua? —preguntó ella, recordando la reacción de Maximo al enterarse—. ¿Tiene algún significado especial?

—Oh, querida, Padua tiene un significado muy especial para Maximo. Me habría encantado ver su cara cuando se lo has dicho. Se habrá quedado de piedra.

Cass estaba arrepintiéndose de haber aceptado el plan de Emilio. No soportaba la hipocresía, y sin embargo allí estaba, aliada con Emilio para hacer sufrir a Maximo, precisamente el fin de semana de la boda de su hermana.

Era horrible. Ella era horrible.

—Esto es un error —dijo ella, mordiéndose el labio.

—Él te trató mal —le recordó Emilio—. Él te rompió el corazón.

El hombre se puso en pie y se dirigió a la puerta.

—Voy a bajar a tomar otra copa. ¿Seguro que no quieres acompañarme? —la invitó desde la puerta.

—Seguro —dijo ella—. Prefiero descansar un rato.

Capítulo 3

CASS se quedó con los ojos clavados en la puerta cerrada recordando su relación con Maximo hasta que le ardieron los ojos.

En los dos primeros meses de su relación se dio cuenta de que con Maximo no habría matrimonio, ni hijos, ni celebraciones familiares.

No, su relación se basaba en la idea de que sólo se veían cuando a él le convenía, que tenían lo que tenían, y que ambos estaban satisfechos con ello.

Pero un año antes de enfrentarse a él, Cass sabía que no podía continuar viviendo con tan poco, como si ella apenas significara nada para él. Para Maximo, ella era sólo su querida.

Ni siquiera podía llamarlo por teléfono. Cuando lo echaba de menos, descolgaba el auricular y lo apretaba contra su corazón.

Era una norma que no había dictado él, sino que se había impuesto ella a sí misma. No quería dar la impresión de una mujer desesperada por unas migajas de amor. Maximo detestaría verla así. Lo que Maximo quería era verla como una mujer hermosa, fuerte y serena, sofisticada e independiente, no a la verdadera Cass, irremisiblemente enamorada de él.

No a la Cass que sufría el vacío y la soledad cada vez que él se alejaba de ella.

Desesperada por acallar sus pensamientos, Cass se levantó de la cama, sacó el traje de noche turquesa que había llevado para la cena de aquella noche, lo colocó en una percha y fue a darse un largo baño.

Cuando Emilio volvió, ella estaba envuelta en una toalla, dándose crema hidratante en los brazos y las piernas.

—Casi desnuda —dijo él, con una sonrisa cargada de lascivos pensamientos—. Muy guapa.

Cass lo miró con el ceño fruncido, sin entender cómo alguien como Emilio Sobato podía haber sido el mejor amigo de Maximo, además de su socio empresarial. Los dos habían fundado juntos la empresa Italia Motors, con la que habían diseñado y construido algunos de los coches deportivos más rápidos y elegantes del mundo antes de convertirse en mortales enemigos un tiempo atrás.

—¿Qué ocurrió entre Maximo y tú? —preguntó Cass—. En el pasado fuisteis muy buenos amigos.

—Max no pudo soportar mi éxito —le aseguró Emilio, desabrochándose la camisa—. Los diseños eran míos; él sólo puso el dinero.

—Y su inteligencia, estoy segura.

—No es tan listo como se cree —le aseguró Emilio, echando la camisa sobre la cama.

Cass lo estudió con frialdad y pensó que Emilio también parecía sentir un odio irracional hacia Maximo.

—Si vas a continuar desnudándote, haz el favor de meterte en el cuarto de baño.

–No es más que un cuerpo.

–Un cuerpo que no tengo ganas de ver.

–Se supone que estamos prometidos –exclamó Emilio, con exasperación.

Irritada, Cass se puso en pie y señaló al cuarto de baño con la mano, sin querer meterse en otra estúpida discusión.

–O te metes en el cuarto de baño o me largo ahora mismo. Tú eliges.

Emilio se encogió de hombros, pero se metió en el cuarto de baño, y Cass escuchó con alivio el ruido del agua de la ducha.

Estaba poniéndose el vestido de noche turquesa cuando alguien llamó a la puerta. Todavía no había terminado de subirse la cremallera a la espalda cuando los golpes se repitieron con más fuerza.

Sujetándose el vestido con la mano, Cass entreabrió la puerta y asomó la cabeza. Maximo.

–Hola –dijo ella, sin saber qué más decir.

–Hola.

Se hizo un silencio incómodo entre los dos. Cass lo miró, mientras se sujetaba con fuerza la tela del vestido a medio abrochar. Maximo también se había duchado y cambiado de ropa. Ahora llevaba un traje negro, con camisa gris marengo y una corbata a juego. Tenía un aspecto muy elegante y poderoso. Intocable.

–Vengo a disculparme por lo de antes –dijo él, tenso.

Ella asintió una vez con la cabeza. Había algo en él, en su estatura, en su silencio, en la intensidad de su mirada que la hizo sentirse muy consciente de él y de sus emociones.

No debería sentirse atraída por él. No debería seguir teniendo unos sentimientos tan fuertes por él, y lo peor era que eran más intensos que en el pasado: ahora eran sentimientos de dolor, de rabia, de miedo, de necesidad, de deseo.

¡Cómo lo deseaba!

Deseaba sentir su piel, sus manos, su boca, su cuerpo.

Lo necesitaba pegado a ella.

Haciéndola suya.

El deseo se convirtió en un tormento para sus sentidos.

La relación sexual entre ellos siempre había sido apasionada y explosiva.

Cass ahora lo odiaba, pero necesitaba saciar su pasión. Y aliviar el dolor de los recuerdos.

—Lo siento —repitió él, secamente—. Lo de antes no debía haber sucedido. Por favor, acepta mis disculpas.

Pero una disculpa no era lo mismo que pedir perdón. No lo era, y él lo sabía. Porque Maximo no necesitaba ni quería el perdón de nadie. Era demasiado frío y poderoso para preocuparle lo que pensaran o sintieran los demás.

Los ojos femeninos buscaron en los de él, tratando de ver más allá del rígido escudo protector, pero la máscara era demasiado fuerte. La costumbre de ocultar su verdadero yo estaba demasiado arraigada en él.

—Desde luego —respondió ella, igual de tensa.

Bruscamente Maximo giró la cabeza y permaneció unos segundos escuchando algo. Se acababa de cerrar el grifo de la ducha.

–¿Está aquí? –preguntó.

–En el cuarto de baño. Compartimos habitación.

–No en mi casa –dijo él, sombrío–. No en mi casa –repitió, de pie en el pasillo, sintiendo deseos de matar a Emilio.

Emilio tenía que pagar. Había cometido demasiados delitos, demasiadas traiciones y nunca había sido castigado.

–Es la habitación que nos asignaron –dijo ella.

–Recoge tus cosas –ordenó él–. Te voy a llevar a otra habitación. Sobato se queda aquí.

Cass lo miró con desprecio, con una mirada que decía que ella no estaba en absoluto acostumbraba a recibir y obedecer órdenes, y que no pensaba empezar ahora.

–No.

Maximo pensó que la respuesta de Cass era ciertamente interesante. Ella nunca le había dicho que no a nada. Ahora era una mujer diferente.

–Date la vuelta –dijo él, distraído por el traje entreabierto que dejaba ver partes sedosas del cuerpo femenino, un cuerpo que conocía perfectamente. Conocía la forma y la textura satinada de sus senos, e incluso la textura más sedosa de la aureola y el pezón–. Te subiré la cremallera.

Cass lo miró con desconfianza, pero se dio la vuelta.

Cerrando los ojos, contuvo el aliento al notar el roce de los dedos masculinos en la piel desnuda de la espalda. Cuando él subió lentamente la fina cremallera siguiendo la línea de la columna vertebral desde la cintura a la nuca, se estremeció.

–El vestido te queda perfecto –dijo él, con voz grave y sensual.

–Gracias –dijo ella, volviéndose hacia él,

–¿Es nuevo?

–No. Lo tengo desde hace tiempo. Aún no había tenido la oportunidad de ponérmelo.

–¿Porque yo nunca te invité a salir?

Cass se sonrojó.

–Porque preferías tenerme desnuda en la cama.

Los labios masculinos se curvaron ligeramente, en amargo reconocimiento de la verdad. Su relación había sido exclusivamente sexual, y Cass sentía ahora la fuerza del deseo que se apoderó de ella. Pero era ridículo. ¿Cómo podía seguir deseándolo después de lo que había ocurrido entre ellos?

La puerta del baño se abrió de repente y Emilio salió con una toalla alrededor de la cintura y secándose el pelo con otra.

–¿Ocurre algo? –preguntó, desafiante.

–Cass se traslada a otra habitación –dijo Maximo–. Es por respeto a mi madre. Aún no estáis casados...

–De eso nada –afirmó Emilio–. Hemos venido juntos, y estaremos juntos. Además, Cass quiere estar conmigo, ¿verdad, Cass?

Cass abrió la boca para responder.

–Yo...

–Por supuesto que quiere –terminó Emilio por ella–. Créeme.

–Eso no puedo hacerlo. Te conozco demasiado bien –respondió Maximo con amargura–. Y tú me conoces a mí. Sólo tienes dos alternativas: o Cass va a otra habitación o salís de mi casa los dos ahora mismo.

Los dos hombres se quedaron mirando duramente a los ojos, y Cass se preguntó qué habría ocurrido entre ellos para destruir un pasado de amistad y colaboración empresarial.

—No te atreverías a echar a Cass.

—Ponme a prueba —le retó Maximo, apretando los labios.

Era un Maximo diferente, que Cass no había visto nunca. Hasta ese momento, sólo había conocido al amante, no al autoritario dictador que acechaba bajo su elegante y sofisticada figura.

Qué tonta había sido. Una tonta enamorada.

—Recogeré mis cosas —dijo ella por fin—. No tengo mucho.

Unos momentos después, los dos ex amantes caminaban por el pasillo que conducía al ala opuesta del *palazzo*, donde estaba el dormitorio de Maximo y también la lujosa habitación donde iba a alojarse ella.

Maximo empujó la puerta y la invitó a entrar. Era una habitación suavemente iluminada, de techos altos y arqueados, con las vigas oscuras decoradas con exquisitas líneas doradas. Tenía tres enormes ventanales, cubiertos por cortinas que hacían juego con la colcha de terciopelo color albaricoque con bordados en verde y oro de la cama. Los muebles eran antigüedades de madera policromada, y había dos jarrones de plata con rosas amarillas y blancas, uno en la mesita de noche, otro en la cómoda junto a la pared.

Maximo dejó la maleta de Cass en el baúl pintado que había al pie de la cama.

—Es una habitación preciosa —dijo ella, consciente de que tenía que decir algo.

El silencio entre los dos se estaba alargando demasiado.

—Gracias. Cass, te engañas si crees que Sobato te quiere —le aseguró Maximo, mirándola desde su altura.

—Emilio me adora. Me desea —respondió ella, manteniendo la farsa que la había llevado a aquella situación.

—Yo te deseaba.

—Desnuda y obediente. Sin complicaciones —respondió ella. Cada vez era más difícil mantener la sonrisa fría y burlona—. Lo que pasa es que estás celoso.

—Sí —reconoció él—. Estoy celoso. Odio veros juntos, odio la idea de que te toque, pero también tengo miedo por ti —Maximo iba caminando lentamente hacia ella, cerrando la distancia entre ambos—. Lo conozco desde hace mucho tiempo y sé que te está utilizando para hacerme daño.

Maximo dio un paso más hacia ella, le tomó la barbilla y le alzó la cara. Con el dedo pulgar le acarició la mejilla con suavidad.

—Y terminarás sufriendo tú también, *carissima*.

—No —repuso ella.

—Sí —repitió él, con una profunda expresión de dolor y sufrimiento en los ojos—. Y no sabes lo que es sufrir.

Cass no podía apartar los ojos de él. Por un momento pensó que los ojos de Maximo escondían un profundo dolor que no podía compartir con ella.

No conocía a Emilio, era cierto, pero en cierto modo Maximo era casi tan desconocido como su nuevo acompañante.

Los pocos detalles que conocía de su vida eran del dominio público: Maximo era uno de los dos fundadores de Italia Motors y su actual presidente. Aunque había estudiado en Roma, seguía considerando Sicilia como su verdadero hogar.

Eso era todo. No sabía nada de su familia, ni de su relación con Emilio, ni del motivo que los había separado y convertido en enemigos.

–¿Y tú sí? –preguntó ella, incapaz de apartar la mirada.

–Sí.

Recordar su dolor la hizo retroceder unos pasos. Trató de buscar un lugar donde apoyarse.

–Dejémonos de tonterías –continuó Maximo–. Sé por qué has venido. Sobato sabe que estoy trabajando en un diseño nuevo y quiere hacerse con los planos. Es la segunda vez que lo intenta. Te ha traído para distraerme, para tenerme ocupado mientras él se metía en mi despacho...

–No.

–Lo han sorprendido intentando entrar en mi despacho hace una hora, Cass. Tú tenías que saber algo.

–¡No! –le aseguró ella.

–Estabais en la misma habitación. Has tenido que verlo salir de allí...

–Me ha dicho que iba a tomar una copa.

–Tienes respuesta para todo, ¿verdad? –se burló él.

–¡Es la verdad!

–La verdad –repitió él, sin levantar el tono de voz, estudiándola con curiosidad–. Dime la verdad. Ni estáis prometidos ni tampoco os vais a casar en abril.

Todo estaba yendo demasiado deprisa. La situación se le estaba yendo de las manos. Cass estiró la mano buscando el borde de la cama y se sentó.

–¿Y bien?

Cass había prometido a Emilio hacerse pasar por su prometida durante el fin de semana. Sólo un fin de semana, pero en aquel momento el domingo estaba todavía demasiado lejos. Faltaban dos días y medio, dos días y medio que se le iban a hacer interminables.

–Claro que nos vamos a casar –susurró ella, sin mirarlo a los ojos.

–Estás mintiendo, Cass –dijo él, acercándose a la cama y agachándose delante de ella. Le sujetó las caderas con las manos–. Y no sé si te estás mintiendo a ti misma, o me estás mintiendo a mí, pero no lo entiendo. Esto no es propio de ti...

–¡Tú no me conoces! –exclamó ella, tratando de retroceder, pero no tenía escapatoria.

–¿Que no te conozco? –repitió él, riendo con incredulidad–. Lo sé todo sobre ti.

Capítulo 4

CASS estaba peligrosamente al borde de las lágrimas, pero no se rindió.

—¡No es verdad! —exclamó, con las manos apretadas—. Sólo sabías lo que querías saber. Sólo creías lo que querías creer. Pero una cosa es la verdad, y otra muy distinta lo que queremos pensar. Ahora te diré una verdad. No soy la niña que fui. Y ya no voy de buena por la vida —le aseguró, echando la cabeza hacia atrás, en un gesto desafiante.

—Ya veo que no. Si Emilio te ha convencido para montar esta farsa...

—No es una farsa.

—Claro que lo es. Y si te presionara un poco confesarías que no hay anillo, ni compromiso, ni boda, ni nada —insistió él, mirándola fijamente a la cara, transmitiéndole todo su calor y todo su poder—. ¿Quieres apostar algo?

Maximo la conocía. La conocía demasiado bien.

—No —susurró ella.

—No —repitió él, con una media sonrisa en los labios—. Me lo imaginaba.

Maximo se levantó bruscamente y retrocedió varios pasos, mientras ella retrocedía a su vez sobre la cama, alejándose de él.

—¿Cuánto te está pagando? ¿Cuál es tu precio? Porque seguro que eres muy cara.

—¡Nada! ¡No me está pagando nada! ¡No soy una prostituta! —exclamó Cass, defendiéndose de unas acusaciones totalmente infundadas.

—Parecido —dijo él—. Primero fuiste mi querida, y ahora eres la suya.

—¡No soy su querida! —protestó Cass furiosa, saltando de la cama y yendo hasta él. Estaba tan encolerizada que apenas podía ver —. No me ha pagado nada, no me ha ofrecido nada. Emilio sabía que quería verte, que necesitaba verte...

—¿Por qué?

—Porque pensaba que todavía te quería. Pensaba que quizá aún quedara algo entre tú y yo... —se interrumpió de repente, y sacudió la cabeza, muy cálida—. Evidentemente estaba equivocada.

—Si querías hablar conmigo podías haberme llamado.

—Tú nunca hablabas por teléfono —le recordó ella—. Apenas hablabas cuando estábamos juntos. Sólo te comunicas con el sexo...

—¿Maximo?

Una joven morena y esbelta enfundada en un vestido de tirantes rosa pálido lo llamó desde la puerta.

—Te están esperando. Tu madre ya está en el coche.

Maximo se acercó a la joven y la besó en la frente.

—Diles que enseguida bajo.

—Está bien —respondió la joven, antes de susurrarle algo al oído que lo hizo reír.

La joven se alejó por el pasillo, y Maximo se volvió hacia Cass, serio otra vez, y la contempló durante un largo momento.

–Espero que sepas lo que estás haciendo, *carissima*. Ten cuidado con Sobato. Puede romperte el corazón.

–No puede –respondió Cass, haciendo un esfuerzo casi sobrehumano por sonreír–. Mi corazón ya está roto.

–¿Desde cuándo?

–Desde febrero.

«Cuando tú me dejaste».

Pero Cass no tuvo que añadir la última parte. Maximo lo entendió. Lo vio en el destello de sus ojos, y en la rápida reacción para ocultar sus emociones.

–Te veré en la cena –dijo, antes de salir y desaparecer.

Durante unos minutos, Cass intentó concentrarse en terminar de peinarse, maquillarse y prepararse para la cena, pero no tenía energía.

Por mucho que se arreglara por fuera, por dentro seguía sintiéndose mayor, cansada, y muy triste.

Perder a Maximo en febrero había sido horrible, pero el aborto había sido el golpe definitivo, el golpe del que aún no se había logrado recuperar.

En el trabajo la llamaban La Invencible, y la consideraban una mujer sin emociones, sin sentimientos, dedicada exclusivamente a sus campañas de publicidad. Y quizá lo había sido alguna vez. Pero la pérdida de Maximo primero y el bebé después dio un vuelco radical a su vida.

Por primera vez, Cass quería algo que no era el éxito material o profesional.

Quería sentirse amada. Quería casarse y formar una familia.

Por fin había entendido e interiorizado que el éxito era sólo un consuelo temporal, y que no significaba nada si no era feliz, y ella no sería feliz hasta que amara y fuera correspondida en la misma medida.

Curvó los labios en una sonrisa irónica. Quizá el dolor y la pérdida que había sufrido habían servido para algo.

Se peinó la melena dorada en un moño, se dio un poco de maquillaje y se puso un par de pendientes de diamantes en las orejas. Después se calzó unos zapatos de satén claro y bajó.

La casa estaba prácticamente vacía, pero el mayordomo apareció en el vestíbulo y le indicó que Emilio estaba esperándola en el coche.

Cuando éste la vio acercarse, los ojos grises se entrecerraron en gesto de rechazo.

—¿Qué ocurre? —preguntó ella, abriendo la puerta del deportivo.

—No me gusta ese vestido. No es la imagen que quiero para ti —dijo él.

—Es una lástima —dijo ella, con calma—, pero no pienso cambiarme. ¿Podemos irnos?

Nadie le decía cómo debía vestirse ni comportarse. Desde luego no Maximo, y mucho menos Emilio Sobato.

Pero Emilio no puso el coche en marcha. En lugar de eso, se apeó del vehículo y lo rodeó.

—Tenemos un acuerdo —dijo él, cuando llegó a su lado, en tono amenazador—. Este fin de semana estás conmigo, y te pondrás la ropa que yo te diga.

Del interior del coche sacó una bolsa de papel blanca y se la entregó.

—Por favor, ve a cambiarte.

Cass abrió la pequeña bolsa y sacó una diminuta prenda de encaje.

—¿Qué es esto? ¿Ropa interior?

—No, es un vestido.

—Es una combinación –dijo ella–, una prenda que se pone debajo de un vestido, no en lugar de un vestido.

—Como quieras, el caso es que tienes que ponértelo. Es el trato.

—No. No pienso humillar a Maximo, su hermana y toda su familia presentándome a la recepción de esta noche en una combinación transparente.

—Lo harás –dijo él, riendo–. Sé lo del bebé, Cass.

Cass se tensó. Todo dentro de ella se paralizó. Sus ojos, su boca, su corazón, su cerebro...

—Lo sé todo –continuó Emilio–. Sé lo que hiciste, y sé cómo terminaste el embarazo. No creo que a Maximo le haga mucha gracia saber que abortaste a su hijo. Si se entera, nunca te lo perdonará.

Cass no podía pensar, ni sentir, ni moverse. Era imposible. ¿Cómo podía saberlo? No se lo había contado a nadie. Nadie lo sabía. Ni siquiera había faltado al trabajo al día siguiente de ser dada de alta del hospital.

—¿Me estás haciendo chantaje? –preguntó ella, en voz muy baja.

—Desde luego que sí –respondió él, sonriendo–. Vas a terminar lo que empezamos...

—Maximo sabe por qué estás aquí, Emilio. Sabe que quieres su nuevo diseño...

–Bien, pero no puede demostrar nada. Y se morirá de celos cada vez que me vea acariciarte o besarte esta noche.

Cass se armó de valor y decidió terminar con la farsa de una vez. Maximo le había hecho mucho daño, pero no podía permitir que Emilio siguiera utilizándola para hacerle daño a él. Ella no buscaba venganza.

–Está bien. Díselo. No tengo miedo.

–Buena chica –río él–. Tú fingiendo ser dura, y yo fingiendo ser sensible –la risa de Emilio se desvaneció y la expresión de su cara se endureció–. Pero es una lástima, lo del embarazo, porque si algo ha deseado Maximo toda su vida ha sido un hijo. Sobre todo una hija. De hecho, si hablo con él comprobarás que para él es un tema muy delicado. Digamos más bien explosivo.

Emilio no le estaba diciendo toda la verdad, y Cass quería conocerla, aunque sabía que nunca la sabría por él. Emilio siempre tergiversaba las cosas, de la misma manera que había tergiversado su interpretación sobre el aborto.

–¿Cómo lo has averiguado?

–Estaba en el hospital la noche que te ingresaron de urgencias. La médico que te atendió era mi pareja –explicó él–. Tengo una copia de tu historial médico. Y dice con todas las palabras que autorizaste el legrado.

Cass sintió que el suelo se movía bajo ella y se apoyó en el coche.

–Vete al infierno.

–Eso es lo que dice, Cass. Nada más. Maximo pensará que tú ordenaste el aborto. Y ahora ve a cambiarte –insistió él, con dureza, entregándole de nuevo la combinación transparente–, o vamos a llegar más tarde de lo que permite la buena educación.

De vuelta en su dormitorio, Cass se cambió de ropa y se miró en el espejo.

Era la imagen más indecente que había visto en su vida. Toda la parte delantera era prácticamente transparente, y no dejaba nada a la imaginación. Se veía todo: los senos, los pezones, las aureolas sonrosadas, el ombligo, la sombra de los genitales.

Cass aspiró hondo. No podía ir así. Había acompañado a Emilio a Sicilia para demostrar a Maximo que no lo necesitaba y que ya no lo quería en su vida; para poder regresar a Roma y rehacer su vida. Pero el trato no incluía humillar a otra mujer y a toda una familia, y mucho menos a la familia de Maximo, por no hablar de humillarse a sí misma.

Se cambió de nuevo y volvió a ponerse el vestido turquesa. Estaba a mitad del pasillo cuando Emilio apareció en el rellano de las escaleras.

–No te has cambiado –dijo en un tono que traicionaba la idea que sentía.

–No me quedaba bien –dijo ella con calma.

Sin embargo, antes de poder sujetarse a la barandilla para empezar a descender las escaleras, Emilio la sujetó por el brazo con rabia, clavándole los dedos en la carne.

–No me gusta que me hagas perder el tiempo.

–¡Quítame las manos de encima!

–Cámbiate ahora mismo –insistió él, sin soltarla.

–No puedo, el vestido no es de mi talla. Tendrás que devolverlo.

Emilio no dijo nada durante un momento. No se movió. Sólo la estudió a la tenue luz del pasillo.

Y de repente, se plantó ante ella, sujetó el vestido turquesa con ambas manos y lo desgarró de arriba abajo.

–Vaya, me temo que ahora tampoco podrás ponerte esto –dijo él antes de darle la espalda–. Ponte el vestido que te he dado o iré directamente a la recepción y anunciaré delante de todos que no sólo eras la querida de Maximo sino también la madre de su hijo no nacido.

Cass se balanceó sobre sus pies, sujetando con la mano derecha el vestido roto.

–No he venido a arruinar la boda...

–Pero querías humillarlo...

–No –la voz le temblaba–. No, no quería humillarlo. Nunca he querido humillarlo. Lo amo. Siempre lo he amado.

–Pues tienes una forma muy curiosa de demostrarlo –dijo él–. Date prisa. Tienes cinco minutos si no quieres que me vaya al restaurante sin ti y arruine definitivamente la boda de Adriana.

Cass se puso el vestido y salió del dormitorio sin mirarse al espejo. No lo necesitaba. Sabía exactamente qué aspecto tenía, y le daba náuseas.

El grupo de invitados ya estaba en el restaurante y Cass vio a Maximo casi inmediatamente. No estaba solo. Estaba junto a la joven que había ido a buscarlo, la bella mujer castaña del vestido rosa pálido.

–Sophia –le susurró Emilio al oído–. Sophia d'Santo, pareja de Maximo desde hace varios años.

Cass no podía apartar la vista de Maximo y Sophia.

¿Sería posible que Maximo saliera con otra mujer mientras estuvo con ella? También era posible que Emilio mintiera.

–¿La conoces? –preguntó.

–Conocía mejor a su hermana Lorna –respondió Emilio–. Deberías preguntarle a Max por Lorna alguna vez. No muchos hombres consiguen montárselo con dos hermanas.

Cass miraba a Sophia, pero no vio nada en sus modales ni en su comportamiento que indicara que no era una joven culta, sofisticada y refinada.

–¿Está aquí Lorna, la otra hermana? –preguntó Cass, incapaz de contener su curiosidad.

Emilio titubeó un momento y después sacudió negativamente la cabeza.

–No –le pasó una mano por la cintura–. Vamos a buscar algo de beber. Estoy impaciente por que Maximo te vea.

Emilio tomó un par de copas de champán de uno de los camareros que pasaba con bandejas de bebidas entre los invitados y le ofreció una a Cass.

–Por la venganza –dijo, alzando la copa.

Después tomó un largo trago antes de reparar en la seria expresión de Cass.

–Venga, sonríe.

Cass giró la cabeza a un lado, asqueada. No podía hacerlo. No podía seguir.

–Emilio...

–No.

–No puedo...

–Demasiado tarde. Tenemos un trato, no lo olvides.

Delante de ellos pasó una pareja que se detuvo ante ellos y miró descaradamente a Cass de arriba abajo, recordándole lo que llevaba puesto.

Qué desastre. Los últimos tres años de su vida habían sido un desastre total. Desde conocer a Maximo y enamorarse locamente de él, a perderlo, perder al bebé, perder la cabeza...

Cada vez los miraba más gente. Hombres y mujeres por igual los miraban con desprecio, no sólo a ella por la ropa que llevaba, sino principalmente a Emilio. Era evidente que todos los presentes lo detestaban. La enemistad que existía entre Maximo y Emilio se extendía a toda la familia.

–Ahí viene –murmuró Emilio, haciéndose a un lado para que Maximo pudiera ver a Cass con su vestido transparente–. Deberías ver la cara que se le pone cada vez que te toco.

–Eres un cerdo –dijo ella, temblando por dentro, incapaz de apartar los ojos de la cara de Maximo.

Éste tenía las mandíbulas apretadas y los ojos brillando de rabia.

–Lo sé –dijo Emilio, sonriendo.

Capítulo 5

C ASS —dijo Maximo, al llegar a su altura—. Sobato.
Cass alzó la cabeza y lo miró. Estaba furioso,
asqueado, y ella se preparó para lo peor.

Los ojos negros de Maximo se deslizaron sobre
ella, y su mirada le hizo saber, y a Emilio también,
que ella era suya, que le pertenecía. Todavía.

Cass se ruborizó y sintió cómo se le contraían las
entrañas. Notó cómo los senos se alzaban hacia él,
cómo los pezones se endurecían bajo la caricia de su
mirada. Notó, más que oyó, el jadeo de Maximo al
ver la reacción de sus pechos. Él no podía ignorarla,
de la misma manera que ella no podía evitar la reacción de su cuerpo.

—Parece que has perdido algo —dijo él, con la voz
aún más grave que de costumbre, más íntima y dura,
toda su atención concentrada únicamente en ella,
como si fueran los únicos en el restaurante.

¡Cómo lo había echado de menos! ¡Cómo había
añorado sus brazos, su cuerpo, su fuerza! ¡Cómo necesitaba su seguridad, la facilidad con la que hablaba, se movía, vivía! La presencia de Maximo
siempre le había dado fuerzas.

—El vestido —susurró ella, a la vez que notaba el

apretón firme de la mano de Emilio en el brazo. Pero no pestañeó–. Se ha roto.

–¿Cómo?

Por un momento, ella no pudo hablar. Sólo veía a Maximo. Sólo sentía a Maximo. En aquel momento se arrepintió de haberle pedido más y deseó poder volver a ser la querida que había sido, siempre a su disposición. Pero algunas cosas no se podían cambiar.

Maximo la sujetó y la atrajo hacia él, apartando la mano de Emilio del brazo de Cass.

–¿Cómo se ha roto el vestido? –repitió él, sujetándola firmemente por los hombros, ofreciendo consuelo y tormento a la vez.

Ella lo miró, sintiéndose desnuda, totalmente expuesta.

–Creo que lo he pisado –balbuceó.

–¿Crees?

–A veces es difícil acordarse de todo –dijo ella, reprimiendo las lágrimas, y alzando ligeramente la barbilla.

–¿Las mentiras, quieres decir? –preguntó él, leyéndole el pensamiento.

Cass esbozó una sonrisa. Maximo era inteligente. Muy inteligente.

–Hace calor –añadió él–, pero no tanto.

Sin darle tiempo a reaccionar, Maximo se quitó la chaqueta negra y se la puso por los hombros.

–Gracias –susurró ella, con los ojos bajos, incapaz de mirarlo a los ojos.

Aquél era Maximo, su Maximo, el hombre que había sido su corazón, su alma, su mundo durante tres años.

Y después él se alejó y regresó junto a Sophia que le estaba esperando a pocos metros.

Cuando ocuparon sus sitios en la mesa, Emilio y Cass quedaron en la esquina más alejada de la mesa, y todo el mundo se volvió a mirarlos. Era evidente que no eran bienvenidos.

−¿Alguna vez has tenido la sensación de que todo el mundo te odia? −le preguntó Emilio, apoyando los codos en la mesa e inclinándose hacia ella.

−Sí.

Cass se sentía como una intrusa y se odiaba por haberse colado en las celebraciones de los Guiliano. Las bodas eran ocasiones especiales y únicas que se debían celebrar y compartir con las personas más cercanas y queridas, no con desconocidos ni enemigos familiares.

−Los odio −dijo Emilio, salvajemente−. No son más que unos hipócritas y unos arrogantes.

−Entonces, ¿por qué has venido?

−Para que se enteren de una vez por todas que no pueden tocarme −dijo Emilio−. Porque soy más listo que ellos. Al menos soy más listo que el bueno de Max.

Cass miró al centro de la mesa, donde estaba Maximo, y justo en ese momento él volvió la cabeza hacia ella. Se quedaron mirándose durante un momento, y ella recordó la primera vez que se vieron en una cena en Nueva York.

La atracción entre ellos fue instantánea e intensa. Apenas habían salido del local y tomado un taxi cuando la mano de Maximo buscó su piel cálida y ardiente bajo su vestido. Después, no hubo vuelta atrás. Ella lo deseaba, y siempre esperaba.

Al principio, la espera había sido un juego. Siempre sabía que, tarde o temprano, él llamaría. Nunca por la mañana, ni tampoco antes de las dos de la tarde. Sus llamadas siempre llegaban a última hora de la tarde, desde su limusina, cuando iba a algún lugar o tarde por la noche cuando regresaba a su lujoso ático. Si no, no llamaba.

Al principio no había estado mal, pues ella se mantenía ocupada en otras cosas, aunque siempre disponible por si él la llamaba. Pero después de un año, la situación empeoró y ella pasaba los días esperando desesperadamente una llamada que a veces tardaba semanas en llegar.

Y así fue como además del amor creció también la rabia y la frustración. Cuando se dio cuenta de que convertirse en su querida había sido lo más peligroso y estúpido que había hecho ya era demasiado tarde. Porque esperar a Maximo, esperar su amor y sus atenciones despertaba en ella un sinfín de dudas sobre sí misma. Incluida su autoestima.

Pero cuando por fin llamaba, era tan cálido, tan entregado, tan interesado que ella se olvidaba de todo.

También estaban los viajes que hacían juntos, a lujosos complejos hoteleros donde muchas veces él tenía reuniones de trabajo y ella esperaba su regreso en las mejores suites con todo tipo de comodidades.

A medida que aumentaban la frustración y la rabia, Cass sabía que tenía que apartarse de él, acabar con aquella relación y rehacer su vida. Pero hacía mucho tiempo que no había nada que necesitara tanto como necesitaba a Maximo, y cuando miraba en su interior sólo encontraba un enorme vacío.

–No puedes quitarle los ojos encima –sonó la voz dura de Emilio en su oído–. Te tiene en la palma de la mano. Una noche en su casa y vuelves a ser su juguete. Pero recuerda. Se acostaba contigo, pero amaba a otra.

Cass volvió la cabeza hacia él y le clavó los ojos.

–Necesitas ayuda, lo sabes, ¿no?

–Eso me han dicho –respondió Emilio, riendo.

–¿Por eso cortó Maximo su relación profesional contigo? ¿Porque descubrió que eres emocionalmente inestable?

La sonrisa de Emilio se desvaneció.

–El éxito de Italia Motors fue mío, sólo mío, no de él. Mi coche, mi diseño, un diseño innovador que nos hizo ganar todos los premios del sector en el primer año. Maximo sólo puso el dinero.

–Casi veinte millones de dólares –le interrumpió ella, tomando la copa de vino–. Porque el primer coche ganó premios sí, y captó la imaginación del público, pero tenía un fallo de diseño que resultó en un terrible accidente y el pago de una indemnización de diez millones de dólares.

–Yo no tuve la culpa. Maximo era el encargado de los programas de investigación. Si hubiera hecho más pruebas... –Emilio se encogió de hombros.

Cass miró hacia Maximo, que estaba conversando con varias personas sentadas frente a él. De repente, volvió la cabeza hacia ella y sus miradas se encontraron. Durante un largo momento, se quedaron mirándose, bebiendo el uno del otro. Cass sintió la llama del deseo de nuevo en su interior. Lo echaba de menos. ¡Cielos, cómo lo echaba de menos!

Bruscamente, Maximo se puso de pie y rodeó la mesa hacia ellos, con las mandíbulas apretadas y los pómulos tensos. Cuando llegó al extremo de la mesa donde estaban, Maximo intercambió unas palabras con el hombre sentado a la derecha de Cass. Éste se levantó y se alejó, dejando la silla libre para Maximo.

—¿Te estás divirtiendo? —preguntó, echando el cuerpo hacia delante, por delante de Cass y mirando a Emilio a los ojos.

Cass sintió el hombro de Maximo rozarle el seno, y se estremeció.

—Sí, ya lo creo —respondió Emilio—, sobre todo en compañía de esta encantadora mujer —añadió, provocador, poniendo la mano sobre la rodilla de Cass.

Maximo no respondió y la mano de Emilio continuó subiendo por la pierna de Cass, desde la rodilla hacia el muslo.

—Es preciosa, y toda mía, ¿verdad?

Cass no pudo soportarlo más. Le sujetó la mano y la apartó.

—No me toques.

La mirada que Emilio le dirigió podía haberla fulminado, pero ella no se dejó amedrentar.

—Es hora de que nos vayamos a dormir. Estás un poco cansada, cariño.

—Estoy bien —protestó ella.

—Eres una zorra y no sé qué he visto en ti —dijo él, poniéndose en pie—. Voy a buscar algo de beber más decente que este vino barato de mesa.

Emilio se alejó. Cass lo observó, tratando de analizar las consecuencias de su enfado. Pero la presencia de Maximo a su lado tampoco resultaba muy tranquilizadora.

Se hizo un momento de silencio entre los dos. Cass no sabía qué decir, qué hacer, ni cómo solucionar aquella situación. Pero tenía que intentar arreglarlo. La cena había sido terrible, y una humillación para Maximo y toda su familia.

—Lo siento —dijo ella, tirando de las solapas de la chaqueta que Maximo le había prestado—. Siento lo que tú y tu familia habéis tenido que pasar por mi culpa y la de Emilio... lo siento de verdad.

Maximo la estaba observando con detenimiento.

—Me sorprendió verte aquí con él. No sabía que os conocíais.

—Nos conocimos en abril, justo después de... —Cass se interrumpió, sorprendida por una nueva idea.

Rápidamente trató de recordar. Conoció a Emilio en una cena de entrega de premios de publicidad que tuvo lugar en abril, tres días después de su aborto. Tres días.

Quizá no había sido una casualidad. Quizá Emilio se enteró del aborto e hizo lo imposible por conocerla.

—Tengo que irme —dijo ella, asiendo el bolso y levantándose—. Venir aquí ha sido lo más estúpido que he hecho en mi vida. No sé en qué estaba pensando, y tienes todo el derecho a pensar que me he vuelto completamente loca.

Maximo se levantó a su vez.

—Te llevaré al *palazzo* —dijo, solícito pero serio.

–No –respondió ella rápidamente, sin querer interrumpir la celebración familiar. Pero enseguida sonrió, para suavizar el rechazo–. Buscaré un taxi.

–No puedo dejarte ir sola. No me fío de Emilio y no quiero que vuelvas al *palazzo* sola.

–Maximo...

–He visto las marcas que tienes en el brazo. Ha sido Emilio, ¿verdad?

Cass abrió la boca, pero no logró emitir ningún sonido.

–Por eso te he cubierto con la chaqueta. No quería que nadie viera esos cardenales. Se notan mucho. Es evidente que te ha hecho daño.

–Creía que te avergonzabas de mí por aparecer prácticamente desnuda en la cena de tu hermana.

–¿Avergonzarme de tu cuerpo? –repitió él–. Imposible –Maximo se inclinó hacia ella y la besó en la sien–. Quizá un poco atrevido para los gustos de mi abuela, pero sobrevivirá.

Cass sonrió vagamente.

–Yo no quería venir así.

–Me lo he imaginado.

En el coche de Maximo, uno de los modelos más lujosos y modernos de Italia Motors, Cass miraba por la ventanilla admirando la belleza de las callejuelas estrechas y antiguas casi desiertas por las que iban pasando de regreso al *palazzo* de los Guiliano. Las farolas de hierro forjado e intrincados diseños brillaban en la oscuridad de la noche e iluminaban el casco antiguo de la localidad, oscuro y cargado de misterios. Pero en la mente de Cass, una pregunta se repetía una y otra vez.

–¿Hace mucho que sales con Sophia d'Santo? –preguntó por fin, armándose de valor–. Emilio dice que estáis juntos desde hace varios años. ¿La quieres?

–Cass...

–Tengo que saberlo, Maximo. Necesito entender.

–¿Entender qué?

Los hombros de Cass se alzaron brevemente y se hundieron otra vez.

–Por qué no me querías.

–¡Cielos, Cass! –maldijo Maximo apretando con fuerza el volante de piel–. Las mujeres sois imposibles.

–¿Por eso me veías tan poco? –insistió ella–. ¿Porque el resto del tiempo estabas con ella?

Maximo detuvo el coche junto a la acera y se volvió a mirarla.

–Nunca he tenido ninguna relación sentimental con Sophia. La aprecio como amiga y como persona, pero no la amo, y nunca me casaría con ella.

–¿Nunca ha sido tu amante?

–¡No! –la voz de Maximo retumbó en el coche–. No –repitió–. ¿Alguna pregunta más?

Cass desvió la mirada.

–De momento no.

–Bien.

Maximo volvió a poner el coche en marcha y continuó conduciendo. Realizaron el resto del breve trayecto en silencio, pero cuando el coche se detuvo delante de la residencia familiar de los Guiliano, Maximo rompió el silencio.

–Has cambiado –dijo él–. Antes eras fuerte. Optimista. Ahora eres muy insegura.

–Las cosas han cambiado mucho.

—No tanto —dijo él—. Tú sigues teniendo tu trabajo, tu apartamento, tus amigos...

—Pero no a ti —dijo ella, que no alcanzaba a entender por qué Maximo parecía incapaz de comprender el vacío que su ausencia había dejado en su vida—. Era lo más importante.

—Yo no quería serlo. Nunca te pedí...

—Olvídalo —dijo ella, abriendo la puerta del coche y apeándose.

Maximo la siguió por la amplia escalera de piedra y, cuando ella llegó a la puerta principal, la tomó por el hombro y la hizo volverse hacia él.

—Te di todo lo que podía darte. Te veía siempre que podía, que no era mucho, lo sé. Lo sé. Apenas nos veíamos un par de fines de semana al mes.

Cass cerró los ojos y contó hasta cinco para no perder los estribos.

—Pero yo estaba disponible todos los fines de semana —dijo ella—, todos los días de la semana.

—Tenías tu propia vida...

—Tenía mi trabajo —lo interrumpió ella, abriendo los ojos para mirarlo—. Pero aparte de mi trabajo, tú eras mi vida.

Maximo respiró profundamente.

—Ése fue tu error, no el mío.

Cass se estremeció al sentir el brutal golpe en su corazón. ¿Cómo podía sentir tanto por él? ¿Cómo podía seguir sufriendo tanto por el amor de un hombre que no la correspondía? El dolor era tan intenso que tuvo que sonreír para contener las lágrimas. Ni siquiera ella sabía lo que sentía. ¿Qué sentía hacia él, amor u odio?

–Ya te lo he dicho, olvídalo. No puedo seguir discutiendo contigo. No quiero discutir contigo. No me gusta.

«No cuando prefiero amarte».

En ese momento, como caído del cielo, apareció el mayordomo, que saludó formalmente a Maximo y le preguntó si deseaban alguna cosa. Maximo le dijo que podía retirarse y tras encender las luces, el hombre desapareció tan discretamente como había aparecido.

–Tu chaqueta –dijo Cass, quitándose la prenda que Maximo le había dejado en el restaurante–. Gracias.

–Te acompañaré a tu dormitorio –dijo él, indicando la escalera de mármol de Carrara blanco que conducía al primer piso.

Arriba, Maximo fue encendiendo luces que iluminaron generosamente el pasillo y la rica sucesión de cuadros al óleo de grandes maestros italianos que colgaban a ambos lados.

–Es una casa preciosa –comentó ella, admirada.

–No vengo tanto como quisiera. Mi madre siempre se queja de que no vengo nunca –dijo él. Después dejó escapar un suspiro y se echó a reír–. Parece que no acabo de hacer feliz a nadie. Nunca dedico suficiente tiempo a nadie. Ni a ti, ni a mi familia. Los únicos que no se quejan de no verme lo suficiente son los miembros de mi equipo de trabajo –añadió.

–He oído que vas a presentar un coche nuevo a principios de año.

–Pronto, sí –dijo Maximo, abriendo la puerta del dormitorio.

Cuando encendió la luz vio el vestido turquesa de Cass hecho jirones en el suelo. Se agachó y lo recogió para inspeccionarlo.

—Ha sido Sobato, ¿verdad?

Cass no tuvo que responder. Era evidente.

—Debería matarlo y terminar de una vez por todas con su egoísmo y su crueldad —continuó Maximo—. Sobato ha convertido mi vida en un infierno.

—Lo siento —susurró ella, arrepintiéndose una vez más de haber sido cómplice de los planes de Emilio.

En ese momento sólo deseaba acercarse a él, tocarlo y consolarlo, pero no se atrevió.

Maximo estaba demasiado encolerizado, y a ella le faltaba la seguridad que siempre había tenido.

—No debí haber venido con él —dijo—. No tenía que haber venido. No tenía que haber necesitado lo que necesitaba.

—¿Qué era lo que necesitabas?

—Poner punto final a lo nuestro.

—Sí. Punto final —dijo él, pensativo—. ¿Crees que es posible? Ahora, después de verme, ¿crees que podrás poner ese... punto final?

No. Nunca, pensó Cass. Porque nunca lo olvidaría, nunca dejaría de amarlo. Era imposible. Era como si Maximo fuera una parte física de su cuerpo.

—Eso espero.

Capítulo 6

ME ALEGRO de que lo tengas tan claro —dijo él, con una sonrisa que no le alcanzó a los ojos—. Al menos ahora Sobato se ha ido. Ya no tienes que preocuparte por él. Mi equipo de seguridad se ha ocupado de él.

—¿Tu equipo de seguridad? —se extrañó ella.

En los dos años y medio que Cass estuvo con él, nunca vio a ningún guardaespaldas.

—Son imprescindibles, sobre todo en reuniones familiares con tantos invitados. Y también muy discretos —explicó él.

—¿Así supiste que Emilio había tratado de entrar en tu despacho?

—Eso lo grabaron las cámaras de seguridad.

Cass levantó los ojos y recorrió las esquinas de la habitación con la mirada.

—No habrá cámaras en las habitaciones, ¿verdad?

Maximo sonrió.

—Me temo que eso es una invasión de la intimidad.

—Bien —dijo ella, un poco más relajada—. Al menos estamos de acuerdo en una cosa.

Maximo dio un paso hacia ella y le colocó bien la tira de la combinación transparente de encaje, rozándole los hombros con los dedos. Cass se estremeció.

—Creo que tú y yo estamos de acuerdo en muchas cosas —dijo él, con voz ronca.

Cass se estremeció de nuevo al sentir los dedos masculinos en el escote y el tejido de encaje que cubría el pecho.

—Cuidado —murmuró.

Maximo dejó caer la mano.

—¿Sales con alguien?

¿Qué clase de pregunta era aquélla? ¿Acaso no había escuchado nada de lo que le había dicho?

—No.

—¿Por qué no?

—He tenido pretendientes, pero no me apetece.

Primero fue el abandono, después el embarazo, y por fin el aborto. No exactamente la mejor situación emocional para tener ganas de conocer a hombres nuevos.

—Eres demasiado joven para no salir, para no buscar la verdadera felicidad.

—¿Porque lo que tenía contigo no era la verdadera felicidad? —preguntó ella, aunque era casi más una afirmación.

—Yo nunca fui una opción.

Cass apretó los dientes, sin entender por qué él había descartado tan rápidamente la posibilidad de un futuro con ella, sin saber por qué Maximo deseaba poseer su cuerpo pero no su corazón.

—Odio cuando haces eso.

—¿El qué?

—Tomar decisiones por mí. Decidir qué es lo que

puedo o no puedo tener, lo que necesito o no necesito –respondió ella, cada vez más furiosa–. Quizá
sepas lo que tú necesitas, Maximo, y lo que tú quieres, pero no sabes nada de mí. Ni siquiera lo has in-
tentado.

Entre ellos se hizo un silencio largo e incómodo.

–Pero tú permitiste que nuestra relación conti-
nuara durante dos años –dijo él por fin.

Cass apretó las mandíbulas, reprimiendo el dolor.

–Una estupidez, ¿verdad? Si hubiera sido más
lista, la habría terminado mucho antes.

–Si yo hubiera sido más listo, habría continuado
con mi vida hace seis meses –dijo él.

–¿No sales con nadie?

La comisura de los labios masculinos se alzó en
una burlona sonrisa.

–Eres increíblemente difícil de olvidar, *bella*.

–Maximo.

El nombre salió de su boca en un suspiro estran-
gulado, como estaba todo su interior.

Maximo le tomó la cabeza con la palma de la
mano, curvando suavemente los dedos y hundiéndo-
los entre los cabellos rubios un momento antes de
bajar la cabeza hacia ella.

–Tan difícil que todavía no puedo desear a ninguna otra mujer.

–¿Todavía?

Maximo ignoró el comentario.

–Y debes saber que nunca me acosté con ninguna
mujer mientras estuve contigo.

Cass sintió un nudo en la garganta. Quizá había
preguntas que no debía hacer, respuestas que era

mejor no conocer, pero había llegado hasta ahí y no podía detenerse ahora. Había esperado demasiado tiempo. El sentido común era algo del pasado.

—¿Yo fui la única relación sexual que tuviste durante los dos años y medio que estuvimos viéndonos?

—Sí.

Cass lo sintió dar un paso hacia ella, sintió la repentina energía que emanaba de su cuerpo, la tensión sexual que siempre existió entre ellos. El corazón le latía deprisa, con fuerza, de forma irregular. Maximo estaba demasiado cerca.

—¿Y tampoco ha habido nadie desde entonces?

—Cass...

—Tengo que saberlo.

—¿Por qué? ¿De qué serviría? ¿Cambiaría algo entre nosotros que me hubiera acostado una vez con alguna mujer de la que ni siquiera recuerdo el nombre?

—Quizá. Seguramente —respondió ella. Pero finalmente reconoció la verdad—. No.

—¿Entonces?

—¿Ha habido alguien? —insistió ella.

Maximo exhaló un ronco suspiro, mezcla de exasperación y sarcasmo.

—No.

Cass respiró hondo, y al hacerlo aspiró el conocido olor del cuerpo masculino, su calor, su fuerza física. Incluso sin que él la tocara, Cass recordaba perfectamente las caricias de su mano, el calor de la palma en su cuerpo, los dedos en su piel.

¡Cómo lo deseaba!

Necesitaba unirse a él, sentarse sobre su regazo y hundirse profundamente en su cuerpo.

Pero eso no podía ocurrir. La situación entre ellos era demasiado complicada.

–Tienes que volver al restaurante –dijo ella, tratando de ser razonable–. Sophia te espera.

–No, Sophia se ha ido a casa con sus padres. Viven cerca de aquí, pero como te he dicho, no estamos juntos, ni lo hemos estado nunca.

–Pero Emilio ha dicho...

–¿Y tú lo crees?

Cass se humedeció el labio inferior con la lengua.

–No sabía qué creer.

Maximo la miraba con una expresión totalmente desprovista de emoción y el silencio se hizo entre ellos de nuevo, tenso.

–No deberías haber venido.

–Tienes razón.

–Quizá seas tú quién debe marcharse –dijo él–, y huir.

¿Huir? ¿Adónde?, se repitió ella en silencio. ¿A Roma, donde vivía y trabajaba? ¿Al lujoso ático que Maximo le regaló un par de años atrás porque entonces la deseaba más que a la vida misma y necesitaba tenerla?

–Sí, es lo mejor –respondió ella, sabiendo que tenía que irse de allí para no regresar jamás.

También sabía que no debía volver a ponerse en contacto con Maximo porque ahora tenía la certeza de que nunca lo olvidaría, nunca lograría borrarlo de su mente.

–Será mejor que te vayas –dijo ella, pero su voz se quebró.

–¿Quieres que me vaya?

Sí. No.

No.

No.

–Sí.

Tenía que alejarse de él definitivamente, antes de que acabara de destrozarle completamente el corazón.

Una amarga sensación de pérdida se apoderó de ella, y Cass apartó la mirada, casi al borde de perder el control.

O se iba él, o tenía que irse ella, porque aquello no podía continuar ni un minuto más. Echaba de menos al Maximo de antes, al hombre que amaba, y era a él a quien deseaba ver y acariciar, no a aquel desconocido duro y distante.

Un nuevo silencio se hizo en la habitación, y después el sonido de pasos, los pasos de Maximo hacia la puerta, seguidos del ruido de la cerradura.

Cass se volvió hacia la puerta rápidamente, con los ojos llenos de lágrimas.

Pero Maximo no se había ido. Estaba allí, contra la puerta, echando el cerrojo, encerrándose con ella.

–¿Y ahora qué? –preguntó él, observándola.

Ella sacudió la cabeza, nerviosa. Abrumada. Incluso asustada. Con Maximo estaba indefensa. Se mordió el labio con tanta fuerza que sintió el sabor de la sangre en la boca.

–No me lo estás poniendo fácil –susurró ella.

Él rió bajito, burlón.

–Eres tú quien ha venido a mí.

–No tenía elección –dijo ella.

–¿No?

–No –los labios le temblaban y Cass hizo un esfuerzo por sonreír–. Contigo creo que nunca la he tenido. Lo supe... lo supe desde que te vi la primera vez. Llámalo instinto si quieres, pero cuando te vi supe que tú eras todo lo que quería. Todo lo que siempre había buscado –admitió ella, desnudando por completo sus sentimientos.

–¿Y ahora?

Las lágrimas le nublaban la vista, y quemaban más que antes, pero Cass luchó por reprimirlas.

–Ahora eres lo que no necesito en absoluto, pero supongo que tenía que verte y verlo con mis propios ojos. Tenía que venir a despedirme.

–Tienes una forma muy curiosa de despedirte –dijo él, caminando lentamente hacia ella.

Le sujetó la nuca con la mano y la atrajo hacia él, echándole la cabeza hacia atrás. Con los labios acarició el pulso que latía en la base de la garganta y ella se estremeció.

Entonces la boca masculina cubrió la suya y se apoderó de ella con tanta fiereza y tanta exigencia que algo en su interior se rompió, y Cass sintió la urgente necesidad de sacar una bandera blanca y gritar que se rendía.

Las manos de Maximo le envolvieron los brazos, se deslizaron por los hombros y después moldearon su cuerpo con la fina tela de encaje, marcando la forma de los senos, del estómago, de la cintura, hasta que una mano volvió al pecho.

Cass se movió contra él, rozándolo con las caderas, buscando ciegamente lo que había echado tan desesperadamente de menos.

El sexo.

La dominación.

La rendición.

Maximo deslizó los finos tirantes de la prenda de encaje por los hombros femeninos e impacientemente empujó la tela hacia abajo, para descubrir el cuerpo suave y pálido.

Cass jadeó al sentir el calor de sus manos en la piel, en el pecho, en los pezones, y entonces Maximo perdió también el control y algo primitivo y salvaje se apoderó de los dos.

Con un fuerte tirón de manos, desgarró la prenda por detrás y acarició la espalda femenina con las palmas hasta llegar al liguero de satén color marfil que llevaba en la cintura.

La respiración masculina se aceleró mientras él examinaba con dedos lentos la prenda que sujetaba las finas medias de seda sobre los muslos.

Después los dedos de Maximo descendieron por toda la columna, desde la nuca hasta las nalgas, inflamando sus sentidos, haciendo arder todas sus terminaciones nerviosas.

¡Cómo le gustaba sentir las manos de Maximo en ella, sus caricias, el roce y la presión de sus dedos en sus puntos más sensibles!

Entonces él la alzó del suelo y la apoyó de espaldas en el borde de un sillón. Le separó los muslos y la miró.

–Siempre me ha encantado mirarte –dijo, manteniéndola inmóvil y bebiendo de ella con los ojos.

Después se arrodilló a sus pies y se colocó entre sus muslos.

Cass se estremeció al sentir la boca que le acariciaba entre las piernas, por encima del tejido casi transparente del tanga que apenas la cubría.

La boca de Maximo se deslizó sobre el satén húmedo, y ella jadeó. Las piernas le temblaban mientras Maximo acariciaba con la lengua el pequeño botón rígido donde se concentraban todas las terminaciones nerviosas.

–Maximo –gimió ella, deseando sentir la lengua sobre su piel desnuda y caliente.

Pero él ignoró la súplica y continuó torturándola con los pulgares, siguiendo el borde del tanga, encontrando los huecos donde los muslos se unían a su cuerpo, jugando con ella como si fuera una marioneta, que bailaba y se movía con cada caricia de sus manos y su boca.

Por fin, con mano experta, Maximo apartó la tela del tanga y la dejó totalmente expuesta a él.

Cass jadeó entrecortadamente. Tenía la piel ardiendo y las mejillas encendidas. Maximo alzó la cabeza morena y recorrió con la mirada lenta y cargada de deseo todo el cuerpo femenino, deteniéndose en la firmeza de los senos, el movimiento irregular del diafragma, las finas caderas y los muslos separados. Mirándola a la cara, recorrió el sexo húmedo con las puntas de los dedos, absorbiendo los sobresaltos y tensiones de los músculos femeninos que reaccionaban a sus caricias.

—Maximo —repitió ella, en un jadeo grave y ronco.

Esta vez él respondió inclinándose hacia ella, cubriendo la cálida piel femenina con los labios, besándola y succionando los pliegues cálidos y ardientes, a la vez que deslizaba las manos bajo las nalgas femeninas y atraída su sexo hacia él.

Tantas sensaciones, tanta pasión...

Cass se estremeció y enredó los dedos en sus cabellos, sujetándose a él mientras la lengua de Maximo la acariciaba y la excitaba, más ardiente y más húmeda que nunca, y los dedos masculinos jugaban con la media de seda que le cubría el muslo.

Cass se arqueó hacia él a medida que la presión en su interior aumentaba, y el clímax empezaba a ser algo tangible y real. Hundió las manos en los cabellos masculinos y sintió el dolor de las lágrimas en los ojos. Sentía amor, sentía ira, sentía el implacable fuego del deseo.

Era suya, completamente suya.

Le pertenecía.

Era su propiedad, su objeto, su querida, su mujer.

Y estaba allí, alcanzando el clímax de la pasión mientras la boca de Maximo seguía acariciándola. Cass pensó que siempre se entregaría a él, siempre sería suya.

Maximo la levantó del sillón y la llevó a la cama, donde la tendió sobre el edredón de terciopelo para tenderse acto seguido junto a ella.

—¿Estás protegida? —preguntó él, colocándose entre sus muslos.

—Sigo tomando la píldora.

Aunque no le había servido de mucho la última vez. Claro que Maximo tampoco lo sabría nunca. Había cosas que ella se llevaría a la tumba.

Seguro de que podía continuar sin problemas, Maximo la acarició, para asegurarse de que ella estaba excitada y lista para él. Y lo estaba, aunque a pesar de lo mucho que lo deseaba, Cass sintió dolor cuando Maximo la penetró. Él era grande y duro, y tomarlo en su cuerpo siempre había necesitado unos momentos de adaptación, pero aquella noche la punzada de dolor dio rápidamente paso al placer, a una sensación tan intensa y conocida que se dejó llevar totalmente por ella. Una sensación que era de amor.

Siempre había sido así. Cuando él la acariciaba, cuando él la poseía, era tan intenso que ella no podía imaginar a ningún otro hombre en su lugar. Desde la primera vez con Maximo, había cambiado para siempre.

Ahora, con el cuerpo de Maximo cubriéndola, y su calor entrando en lo más hondo de su cuerpo, se sintió consumida por el mismo deseo de siempre. Habían estado juntos durante más de dos años, pero su relación sexual nunca se había estancado, ni el deseo se había desvanecido.

Ni siquiera cuando ella había deseado más de él que su cuerpo. Su cuerpo lo amaba, lo deseaba con total intensidad, y mientras Maximo continuaba penetrándola una y otra vez, ella se entregó a él y los dos alcanzaron juntos el clímax.

Más tarde, en el silencio de la noche, Cass sintió un peso inmenso en el pecho y un nudo en la garganta. Apenas podía respirar.

Sabía cómo terminaría. Sabía qué venía después. Era lo que más temía.

Maximo se levantaría y se iría.

Siempre había sido así. Y era la parte que ella siempre había detestado.

Era precisamente eso lo que debía hacer ella. No esperar a que él se levantara. Tenía que adelantarse a él.

Sin embargo, su cuerpo no se movió.

Poco después, sintió el cuerpo de Maximo agitarse junto a ella. Iba a irse. Presa de pánico le puso una mano en el pecho.

—No te vayas —susurró—. Quédate. Quédate conmigo toda la noche.

Maximo titubeó un momento y después le apartó la mano.

—No puedo, tengo muchas cosas que hacer.

El dolor era casi insoportable. Cass aspiró hondo una vez, y después otra. ¿Por qué había ido a Sicilia? ¿Por qué lo había hecho? No era lo bastante fuerte. Desde la pérdida del bebé, no era bastante de nada...

—Maximo —le acarició el pecho con los labios—. Sólo una hora. Es lo único que te pido, por favor.

—Está bien —accedió él, apretándola contra su cuerpo, pegándola posesivamente contra él—. La próxima hora seré tuyo.

Maximo escuchó la respiración acelerada de Cass. Estaba luchando por reprimir las lágrimas.

—Mío durante una hora —dijo ella, casi sin voz.

Maximo sintió una punzada de remordimientos por las cosas que no se podían cambiar, y por lo que

Cass había sufrido por su relación. Porque él la había hecho sufrir, mucho, y era lo último que él deseaba.

Desde el principio, Maximo intentó protegerla de su vida, de su realidad, de los hechos que no se podían cambiar.

Desde el principio quiso protegerla. Cass lo merecía, y merecía una vida llena de felicidad. Maximo conocía su pasado: la madre que la había abandonado por un hombre que tampoco la había correspondido.

Cass nunca debió ser su querida. Tenía que haber sido la esposa de alguien, una mujer respetada y valorada.

Acallando la rabia y el desprecio que sentía hacia sí mismo, Maximo la abrazó con fuerza y la besó en la frente.

«No una hora», corrigió él en silencio. «Tuyo para siempre».

Capítulo 7

CASS despertó a la mañana siguiente sintiendo la luz del sol en el rostro. Por un momento no supo dónde estaba, hasta que de repente lo recordó todo y el dolor en su interior se hizo casi intolerable.

Pero era un nuevo día e hizo un esfuerzo para levantarse. Tenía que irse de allí cuanto antes. Sin pensarlo dos veces, se metió debajo de la ducha y dejó que el potente chorro de agua caliente se llevara todos los recuerdos de la noche anterior.

Después se vistió, sin permitirse pensar ni sentir.

Estaba en las escaleras con la maleta en la mano, cuando una voz dura dijo a su espalda:

—¿Dónde vas, Cass?

La voz de Maximo la sobresaltó.

—Me has asustado —dijo ella, en el rellano.

Maximo llevaba unos pantalones de pinzas caqui y una camisa verde oliva. El pelo negro estaba peinado hacia atrás, e iba perfectamente afeitado. Su aspecto era la personificación de la elegancia y el control. Nada que ver con el hombre que la había poseído la noche anterior. Nada que ver con el amante que la había hecho tan completamente suya.

—Supongo que por fin has conseguido el punto final que necesitabas –dijo él, con sarcasmo–. ¿O era un eufemismo para decir que querías un último revolcón?

Cass se ruborizó.

–No me hables así. No es justo –balbuceó.

–Entonces, ¿qué fue lo de anoche?

–No finjas que te importa tanto. Estabas impaciente por largarte.

–Tenía una casa llena de invitados. Y responsabilidades...

–No fue sólo anoche, Maximo. Nunca te quedaste a pasar la noche después de hacer el amor. Durante dos años te pedí que te quedaras, que pasaras la noche conmigo, pero siempre tenías que irte. Siempre tenías excusas.

–Y ahora te toca irte a ti.

Desafiante, Cass lo miró a los ojos, hundiéndose en la intensidad de la mirada masculina. Seguía siendo un hombre duro, cuya única intención era llevarla a la cama, pero nada más. Aparte de eso, él nunca le daría nada más. Sólo su cuerpo. Nunca la amaría.

–Para mí aquí ya no queda nada.

–Anoche hubo mucho entre nosotros.

–Sólo fue sexo.

–Pero funciona.

Era exactamente lo que ella temía oírle decir. Lo que no quería oírle decir. Quería que Maximo la deseara y luchara por ella de la misma manera que ella luchaba por él.

–Me merezco algo más que sexo –dijo ella, con un terrible nudo de angustia en la garganta–. Merezco mucho más de ti.

–¿Te refieres a regalos y lujos como muestra de mi afecto? –preguntó él.

Cass tensó la mandíbula. Parecía imposible que hubieran sido amantes durante tanto tiempo, que los dos hubieran llegado a creer que su relación era real.

–No. Me refiero a una relación de verdad, basada en el respeto y la confianza...

–Yo confío en ti. Y te respeto.

–En la que los dos componentes de la pareja tienen algo que ofrecer. Tú sólo tomas, Maximo, no das. Sólo tomas.

–Te di todo lo que podía.

Cass rechinó los dientes. Detestaba la tranquila indiferencia de Maximo, esa insufrible arrogancia que parecía ponerle por encima de ella, él, el hombre maduro y racional, y ella, la mujer emotiva e irracional.

–Quizá tenga que ser totalmente honesta. Quizá deba decir que no entiendo cómo has podido dar tanto placer a mi cuerpo, y preocuparte tan poco por el resto de mí.

–Cass.

¿Por qué él no podía darle lo que ella necesitaba? ¿Por qué no podía amarla?

Ella sólo quería amor. Ni dinero, ni poder, ni fama, ni éxito. Sólo amor.

–No me hagas sentir mal por querer más. No hay nada de malo en querer hacer el amor, no sólo tener sexo.

–Quizá eso es lo único que necesito –dijo Maximo, con voz grave.

–Bien –respondió ella, casi sin voz, sujetando la

maleta y empezando a bajar las escaleras–. Ten todo el sexo que quieras, pero olvídate de mí.

Maximo salió tras ella por la escalera, y al llegar a su altura la sujetó por el brazo y la atrajo hacia él.

–Ódiame si quieres, pero no deberías haber aceptado lo que te di –masculló él, refiriéndose a la noche anterior.

Y a continuación la apretó con fuerza contra su cuerpo, el pecho contra su pecho, las caderas contra sus caderas, la pierna entre sus muslos, y cubrió la boca femenina con la suya.

Cass se estremeció al sentir la lengua masculina dentro de su boca, y de nuevo otra vez cuando él le rodeó un seno con la mano, y le acarició el pezón.

Las piernas le temblaban, y sin poder contenerse se arqueó contra él.

Lo deseaba.

Con todo su ser.

En aquel mismo momento.

Y él lo sabía.

Sabía que ella le daría todo lo que le pidiera.

–Tenías que haberme exigido más –susurró él, con voz áspera y pastosa, cargada de pasión–. Tenías que haberme pedido más desde el principio. Tenías que haber sido más mujer, *bella*.

Cass se sintió desfallecer. Maximo estaba siendo horrible con ella, terminando con ella de una forma terriblemente dolorosa. Por eso hizo un esfuerzo para apartarse de él.

Con los ojos llenos de lágrimas, por un momento se sintió perdida. Abandonada. Y era un sentimiento que no quería volver a sentir.

No, tenía que asegurarse de que era valorada como merecía.

Fueron precisamente esos pensamientos racionales y lógicos los que le permitieron ponerse de puntillas y besarlo suavemente y con infinita ternura en los labios, a modo de despedida. Después, sin decir nada más, descendió el resto de la escalera y salió por la puerta principal.

Maximo se quedó de piedra en el rellano, viéndola marchar.

Sabía que la había herido profundamente. No era su intención hacerla sufrir. Ni siquiera sabía por qué le había dicho algo tan terrible. Estaba furioso, sí. Pero no con ella. Su ira era contra Sobato, y contra Lorna, y contra los tribunales... incluso contra sí mismo. Pero no contra Cass, que ahora esperaba delante de la puerta principal del *palazzo*.

Tenía que ir a ella y pedirle perdón. Explicarse.

Pero, ¿explicarle qué? ¿Que la había traicionado? ¿Que llevaba años traicionándola? ¿Cómo podía explicárselo? ¿Cómo podía decirle que le había sido tan infiel como Lorna le había sido a él?

Pero Cass aún no sabía nada de eso. No conocía su verdadera vida, la vida que le había ocultado y que la destrozaría si se enterara.

Y pronto se enteraría. Tenía que decírselo. La noche anterior decidió contarle la verdad ese mismo fin de semana, en cuanto terminara la boda y Adriana se hubiera ido en su luna de miel. Pero tenía que callar hasta después de la boda, para evitar un drama delante de toda la familia.

En su dormitorio, Maximo se quitó la camisa y buscó otra en la cómoda.

La puerta se abrió bruscamente.

—Maximo.

Era su madre.

—¿No sabes llamar? —preguntó él, volviéndose a mirarla.

—Soy tu madre.

—Por eso precisamente. Nunca sabes lo que puedes encontrar

—Oh, no me preocupa que lo hagas en tu dormitorio —dijo su madre, sin inmutarse—. De todos modos lo haces en las escaleras.

Maximo le dirigió una mirada dura, aunque cargada de resignación y humor.

—No deberías cotillear.

—Hay cosas, Maximo, que es imposible no ver.

Su madre continuó en la puerta, esbelta y elegante, muy contenida. No era una mujer especialmente alta, pero su figura emanaba autoridad y control. No en vano había estado casada con un Guiliano durante cuarenta años.

—Tu... invitada... está fuera con la maleta. ¿Por qué se va?

Maximo se puso una camisa de lino blanca y empezó a enrollar los puños.

—No lo sé.

—Claro que lo sabes. Has estado discutiendo con ella más de diez minutos en las escaleras.

—Tiene que volver a Roma, por trabajo.

—¿En sábado?

—Trabaja en publicidad...

–¿En sábado?

–Mamá –Maximo bajó la voz, en tono de adver-
tencia.

–Adriana dijo que era la novia de Emilio –continuó su madre, sin dejarse intimidar–. Pero no es
cierto, ¿verdad? Es tu novia.

–No puede ser mi novia...

–No soy tonta, Maximo. Soy tu madre, y te conozco desde hace más de dos o tres años. Sé lo que
oigo, y sé lo que veo. No sabe nada, ¿verdad?

Maximo no respondió. Apretó la mandíbula y los
puños.

La señora Guiliano dio un paso hacia delante, y
su expresión era tan fiera como la de su hijo.

–Al menos dile la verdad. Que crea que eres egoísta, no cruel.

–Gracias por el consejo –respondió él, sarcástico.

El sarcasmo no se le pasó por alto a su madre,
que dirigió una fulminante mirada a su hijo antes de
darle la espalda y dirigirse a la puerta.

–Al menos llévala a Roma. Hoy no encontrará
ningún taxi que quiera llevarla –dijo, y salió al pasillo sin despedirse.

Cass estaba al pie de la escalinata de piedra del
palazzo cuando la puerta principal se abrió y apareció Maximo. Se había cambiado y llevaba una camisa de lino blanca y unos pantalones cortos caquis.

–Si estás esperando un taxi, hoy no lo encontra-
rás –dijo él, descendiendo las escaleras y deteniéndose a su lado.

Cass se sentía enferma por dentro, y deseó no haber ido nunca allí. Deseó estar de vuelta en Roma, de donde nunca hubiera tenido que salir aquel fin de semana.

—Préstame uno de tus coches —sugirió ella.

—No puedo. Por el seguro. No es nada personal, Cass...

—¿Nada personal? ¿Puedes acostarte conmigo pero no prestarme un coche?

—He tenido problemas con los seguros por un accidente que ocurrió hace muchos años. Puedes preguntarle a mi madre o a mis hermanas, si no lo crees...

—No quiero preguntar a nadie. Sólo quiero irme —le interrumpió ella, sujetando con fuerza el asa de la maleta.

¡Qué impulsiva había sido! ¡Inconsciente más bien! Aunque toda su vida le había gustado arriesgar, con confianza, audacia y agresividad. Había arriesgado en su vida personal igual que lo hacía regularmente en sus decisiones profesionales, pero esta vez le había salido mal.

Había fracasado. Cass parpadeó para reprimir las lágrimas, pensando que hasta que Maximo entró en su vida, ella no había fracasado en nada.

—No sé en qué estaba pensando... no sé qué era lo que quería encontrar.

—Quizá pensaste que al verte recordaría lo feliz que había sido contigo y volveríamos juntos otra vez —dijo él.

Las lágrimas le nublaron la vista.

—Por favor, calla.

—Viniste a buscar respuestas, Cass.

Ella volvió la cara hacia el otro lado, para que Maximo no viera la lágrima que se deslizaba por su mejilla.

—Creo que las tengo.

—¿Estás segura de que son la verdad?

Cass creyó oír un tono extraño en la voz masculina, algo parecido al sufrimiento, pero era imposible. Maximo no sentía, y desde luego tampoco sufría. Pero antes de poder responder, la puerta principal se abrió y Adriana bajó corriendo hacia ellos vestida con una minifalda y un sujetador de biquini.

—¡Maximo! ¿Qué haces? ¡Te estamos esperando y no podemos zarpar sin ti!

Entonces Adriana vio a Cass y su expresión cambió. La miró con malicia y preguntó:

—¿Está esperando que venga Emilio a recogerla? Maximo negó con la cabeza.

—Emilio se ha ido —respondió, y tras una pausa añadió—: Cass no está con Emilio, está conmigo.

Cass alzó la cabeza con incredulidad. Adriana estaba tan perpleja como ella.

—Cass y yo estamos juntos desde hace dos años y medio.

Capítulo 8

ADRIANA miró de Maximo a Cass y a Maximo otra vez.

–Pero vino con Emilio.

–Para darme una sorpresa –dijo él, tras una leve vacilación.

–Ayer no parecías muy contento de verla –insistió Adriana.

–Ya sabes lo que opino de Sobato.

–Mm –Adriana apretó los labios y quedó pensativa unas décimas de segundo. Después señaló la maleta que había junto a Cass en el suelo–. Entonces, ¿por qué se va?

–Ha surgido algo urgente que... –empezó Maximo.

Cass también abrió la boca para hablar, pero Adriana la interrumpió.

–Por favor, no quiero que nada estropee el día de mi boda. Si no nos vamos enseguida, no estaremos de vuelta a tiempo para prepararme para la ceremonia –explicó. Dio unos golpecitos al cristal del reloj de pulsera que llevaba–. Os espero a los dos en el yate dentro de cinco minutos. Y no quiero excusas –exigió, con la autoridad propia de una Guiliano.

Acto seguido, se alejó con pasos firmes.

—Será mejor que vayas —dijo Cass, con voz suave—. Tu hermana tiene razón. Hoy es su día y no quieres estropeárselo.

—Ha dicho que nos espera a los dos —le recordó Maximo—. Además, acabo de reconocer oficialmente ante mi madre y mi hermana que eres mi novia.

Cass alzó la barbilla, mirándolo desafiante.

—¿Pero les has dicho que sólo me quieres en la cama?

Maximo frunció el ceño con rabia.

—Cass...

—Quiero irme.

—No, no puedes irte —dijo él, en un tono tan suave y teñido de tristeza que ella tuvo que mirarlo.

La expresión del rostro masculino la sorprendió. Y le puso en corazón en un puño. Maximo parecía perdido. Perdido y confuso. Y a pesar de la rabia y dolor que sentía, supo que no podía irse y dejarlo así.

—Tenemos que hablar. Hay cosas que debes saber.

—Dímelas ahora.

—No quiero una escena antes de la boda de Adriana.

—¿Lo que vas a decirme provocará una escena?

Maximo titubeó.

—Será doloroso —admitió, sin poder decir más.

El tono de voz de Maximo la asustó.

—¿Qué me vas a decir? ¿Qué estás casado? —intentó bromear ella para aliviar la tensión entre los dos.

Pero al ver la horrorizada expresión de la cara

masculina y el seco movimiento de sus mandíbulas se puso seria.

—Perdona, sólo quería añadir un poco de humor a la situación, pero no tiene gracia. Lo sé.

El rostro de Maximo se había endurecido una vez más. Por un momento, quedaron en silencio, hasta que él sacudió la cabeza y masculló una maldición en italiano en voz baja.

—Quédate el fin de semana –dijo él después–. Ven a la excursión y a la boda conmigo y hablaremos mañana, cuando todos se hayan ido –hizo una breve pausa–. Sabes que tenemos que hablar. Los dos necesitamos entender muchas cosas.

En eso tenía razón. Cass necesitaba entender qué era lo que los separaba, lo que les impedía estar juntos. Necesitaba entenderlo para poner punto final a su relación y continuar con su vida.

—Está bien –aceptó ella por fin–. Iré a cambiarme.

Él sonrió, pero no había alivio en sus ojos. Lo que había era resignación.

Unos minutos después, vestida con pantalón corto y bañador, Cass caminaba junto a Maximo hacia el puerto de la pequeña ciudad siciliana de Ortygia, donde les esperaba el lujoso yate de casi treinta metros de eslora propiedad de la familia.

Cuando llegaron, todos los invitados habían embarcado y estaban disfrutando del bufé a base de carnes frías, quesos, frutas y aperitivos que se había dispuesto para la ocasión.

Maximo ayudó a Cass a embarcar.

—Hay café, zumos y mucha comida –dijo él–. Toma un buen desayuno, porque tardaremos unas horas en llegar a Catania, donde desembarcaremos para comer en Aci Castello. Y ahora, si me disculpas un minuto –añadió, a la vez que hacía una señal al capitán para zarpar–, tengo que saludar a los demás invitados.

Maximo la dejó, pero no la olvidó. Poco después, una camarera apareció junto a ella con una taza de café y un plato con cruasanes y queso, su desayuno favorito.

El yate empezó alejarse del puerto, bordeando los impresionantes edificios de piedra centenarios que se alzaban sobre la costa de Ortygia, y la atención de Cass se concentró en la belleza de la arquitectura milenaria que se elevaba sobre el azul turquesa de las aguas del Mediterráneo. La panorámica era espectacular.

Cuando el yate estuvo mar adentro, Cass notó la presencia de Maximo, que se apoyó en la barandilla a su lado.

–Me alegro de que no te hayas ido –dijo él, tras un breve silencio.

–Pero sabes que me iré. Tengo que irme.

En su voz, Maximo notó que Cass seguía molesta con él.

–Sí, lo sé –respondió él.

Maximo vio el movimiento en la garganta femenina, y sintió una oleada de emoción inexplicable, una mezcla de necesidad, de dolor, de rabia, porque sólo era cuestión de días, o de horas, hasta que ella supiera la verdad.

Una verdad que él sabía que la destrozaría y que nunca lo perdonaría. Tampoco él podía perdonárselo.

Por eso precisamente había decidido terminar con su relación seis meses atrás. Por eso tuvo que dejarla marchar. Era mejor para ella. Para que pudiera continuar con su vida sin él.

Cass apretó las manos en la barandilla.

—Me vuelves loca —susurró, sin mirarlo—. Te alejas de mí cuando te necesito, y me buscas cuando no te necesito. Me haces daño, me confundes, y no sé por qué sigo sintiendo tanto por ti cuando has convertido mi vida en un infierno.

Bajó la cabeza, y trató de ser fuerte. Pero por dentro se sentía resquebrajada, como un cristal frágil y quebradizo. Por dentro se sentía etérea, como de papel. Toda su fuerza y toda su determinación habían desaparecido y ya no soportaba más la ira ni la indiferencia de Maximo.

Lo que necesitaba de él era ternura. En ese mismo momento. Lo que necesitaba era que él la rodeara con sus brazos, que la abrazara; necesitaba sentir sus labios en la garganta, en la mejilla, en la boca, ofreciéndole consuelo y calor, amándola.

Pero él no la amaba. Y el amor que ella sentía por él la había reducido a la nada más absoluta.

—¿Por qué sigues sintiéndolo? —preguntó él tras un largo silencio.

—Te quería —dijo ella, amargamente.

—¿Por qué?

Sí, lo amaba, pero era un amor que la había destrozado. El ansia por saber de él y la eterna espera a unas llamadas que nunca llegaban habían minado su confianza en sí misma y la habían llenado de miedos y de dudas. Tanto esperar al amor la había reducido a nada.

—Quizá no fuera amor —dijo Maximo—. Quizá fuera sólo deseo. Y tú pensaste que era amor.

Cass apretó los labios.

—Conozco la diferencia —susurró ella, pensando que el pasado parecía estar a años luz, que su volátil relación formaba parte de otra vida—. Era amor lo que sentía cuando estaba contigo. Amor lo que sentía cuando te miraba. Tú me dabas paz y alegría. Cuando estaba contigo, no quería nada más. Cada momento era maravilloso.

—Pero nunca nos viste juntos en el futuro. Nunca nos imaginaste envejeciendo uno al lado del otro.

Imposible. Las limitaciones que él había impuesto a su relación eran demasiado estrechas, demasiado restrictivas.

—Tú nunca me ofreciste un futuro ni me permitiste soñar en él. Dejaste claro desde el principio que lo nuestro era sólo sexo, y yo intenté contentarme con eso.

Cass dejó escapar un suspiro largo y cargado de tensión.

—Pero de todos modos me enamoré de ti. No pude evitarlo. Nunca había conocido a nadie como tú —continuó, perdiendo los ojos en las azules aguas tranquilas del Mediterráneo—, y terminé queriendo más.

Maximo frunció la frente, y las líneas se marcaron profundas en la piel, pero no dijo nada.

—Y pedirte más fue el beso de la muerte, ¿verdad?

—Yo sabía que querías más, que necesitabas más —dijo él, con voz dura y ronca—. No te di prácticamente nada.

Cass sintió la punzada de dolor en su corazón. Maximo lo había sabido. Había sido consciente de lo poco que le ofrecía, y de lo insuficiente que era. Se sujetó con fuerza a la barandilla, sintiendo que le flaqueaban las piernas. ¿Por qué era el amor tan complicado? Por un momento, deseó recuperar la ingenuidad de la infancia y ver el mundo con la inocencia y la pureza de corazón de un niño.

–¿Puedo interrumpir un momento? –preguntó a su lado Annamarie, otra de las hermanas de Maximo, que llevaba en brazos a un bebé de pocos meses.

–Claro –dijo Maximo, tomando a su pequeña sobrina en brazos.

Cass no podía ver a Maximo con el bebé. Era la imagen más dolorosa que podía imaginar, y se volvió hacia la recién llegada que estaba observándola con expresión de intriga y sorpresa a la vez.

–Soy Annemarie –dijo la segunda de los Guiliano, presentándose–. Siento que no nos hayamos saludado antes. Creo que hubo un malentendido...

–No tiene importancia –le interrumpió Cass–. Lo entiendo.

–Eres norteamericana, ¿verdad?

–Sí, pero vivo en Roma desde hace cinco años –explicó Cass.

–¿Te gusta?

–Mucho –respondió Cass, recogiéndose un mechón de pelo detrás de la oreja–. Roma se ha convertido en mi verdadero hogar.

–¿Y Sicilia? ¿Te gusta nuestra isla? –continuó preguntando Annemarie.

–Mucho, aunque es la primera vez que vengo.

–¿Quieres decir que Maximo nunca te ha traído a conocer su tierra natal y su familia?

–Ya os ha conocido –respondió Maximo por ella, a la vez que daba unas palmaditas a la espalda de su pequeña sobrina–, y ahora va a Catania y Aci Castello.

Cass quería cambiar de conversación tanto como él. Más aún, deseaba huir de allí como fuera. No podía soportar ver a Maximo sosteniendo en brazos a la pequeña con la naturalidad de un padre experto. Era demasiado doloroso, un recuerdo demasiado nítido de lo que había perdido.

El dolor casi la impedía respirar. La relación entre Maximo y ella no había sido sólo sexual. Juntos habían creado una vida. Habían concebido un bebé.

Su bebé.

Maximo entregó de nuevo a su sobrina a su hermana. Annemarie se apoyó a la niña sobre el hombro, y la pequeña empezó a juguetear con el pendiente de su madre.

A Cass se le paralizó el corazón. Ésa podía haber sido ella, pensó desesperada. Ésa podía haber sido ella la hija de los dos. De Maximo y ella.

–¿Qué te pasa? –preguntó Maximo a Cass cuando su hermana se alejó, al ver lo pálida que se había quedado.

Cass lo miró, pero no lo vio. Lo único que veía era la ecografía, aquella primera imagen borrosa de la hija que no llegaría a nacer.

–Nada –dijo por fin–. No es nada.

Porque ya no era nada. Ya no podía hacer nada. Ya nada podía cambiar nada de lo ocurrido.

Aunque lo deseara con todas sus fuerzas.

—No te gustan los niños, ¿verdad?

Cass volvió la cabeza hacia el horizonte azul, furiosa con las injusticias de la vida.

—Me gustan, sí —dijo.

Cuando supo que estaba embarazada sintió una inmensa alegría. Tenía casi treinta años, y se sentía preparada para ser madre, el siguiente paso en su vida. Quizá fuera demasiado fuerte y demasiado independiente para ser una buena esposa, pero sí sabía cómo amar y cuidar de un bebé.

Hasta que llegó la ecografía.

Era una niña.

Pero la niña no estaba sana. Algo había fallado en el delicado proceso de su formación. Las extremidades no estaban correctamente unidas al cuerpo, y tenía un hueco, un agujero en su diminuto corazón.

Cass se sintió morir, tendida en la camilla de la consulta del ginecólogo, mientras el gel frío se secaba sobre su piel, y el tiempo se detenía a su alrededor. El médico hablaba y hablaba, asegurándole que no se podía hacer nada, y que aunque el bebé lograra sobrevivir en el útero, no podría superar el parto. Mientras, ella observaba la ecografía, tratando de asimilar la idea de que la vida que había concebido con Maximo no sobreviviría.

—Se equivoca —le había dicho al médico, incorporándose—. Yo me aseguraré de que sobreviva.

Pero la equivocada fue ella. Dos semanas más tarde, un insoportable dolor la despertó a medianoche en su lujoso ático romano. Aquella misma noche, en un hospital de la capital italiana, abortó.

–¿Quieres tener hijos? –preguntó él, sin saber que cada una de sus preguntas eran una insoportable tortura.

–Sí –respondió ella.

Le ardían los ojos, pero no iba a llorar. Ya no le quedaban lágrimas para una pérdida tan devastadora. El dolor era demasiado profundo.

Perder a Maximo le había dolido, mucho, pero perder a su hija le había destrozado el corazón.

Capítulo 9

DESPUÉS de comer en Aci Castello, muchos de los invitados de los Guiliano fueron a explorar las ruinas del castillo mientras otros se quedaban a disfrutar de la hermosa playa que se extendía a sus pies.

Cass se quedó en la playa con Maximo y sus hermanas. Nunca lo había visto así, bromeando con sus hermanas, y ellas con él. Ella sólo conocía al orgulloso siciliano, al amante y al guerrero, pero nunca al hombre amable y tierno que adoraba a su familia, y que era adorado por ella a su vez.

Maximo estaba tumbado a poca distancia de ella, medio incorporado y apoyado en un codo. Su cuerpo era fuerte y musculoso, un cuerpo bello, perfecto. Al mirarlo recordó la noche anterior, la piel contra su piel, su mano en los muslos, en todo su cuerpo.

–¿Lo has pasado bien, Cassandra? –preguntó Adriana, sentándose en la toalla y desperezándose.

La repentina pregunta sacó a Cass de su ensimismamiento y la hizo sentir como si le hubieran leído el pensamiento. De repente, todos la miraron, y Cass se ruborizó.

–Sí, gracias. Catania es una ciudad preciosa.

También me gustaría visitar el Etna –añadió, más por educación que por otra cosa.

Le hubiera encantado conocer la isla y la cultura siciliana en mayor profundidad, pero tal y como estaba la situación con Maximo, volver a Sicilia aunque fuera de turista quedaba prácticamente descartado.

Al levantar la vista, vio que Maximo la estaba observando. Él tampoco estaba sonriendo, sino que la miraba con dureza e intensidad.

–Hay un tren que recorre las laderas del Etna, a través de extensiones de lava y viñedos. El recorrido dura unas cinco horas –explicó Adriana–. Tienes que hacerlo la próxima vez que vengas a visitarnos.

–Desde luego –dijo Cass, sonriendo, sin querer comprometerse a más.

–¿Y cuándo crees que volverás? –insistió Adriana, dirigiendo una inocente mirada a su hermano.

–Aún no se ha ido –respondió Maximo tajante, poniendo punto final a la conversación. Tendió una mano a Cass para ayudarla a levantarse–. Ya es hora de recoger y volver a Ortygia si no nos queremos perder tu boda.

Adriana le aseguró a su hermano que ellas se ocuparían de recogerlo todo, y Maximo y Cass echaron a andar hacia el puerto, dando un paseo.

–Eres muy bueno con tus hermanas –comentó Cass.

–Como todos los hermanos, ¿no? –dijo él.

–No te podría decir –repuso ella–. Soy hija única.

–No lo sabía.

–Lo sé. Nunca hablábamos de nuestras vidas personales, ni de nuestras familias –dijo Cass, con un encogimiento de hombros.

–¿Tus padres? –preguntó él ahora, interesado por todo lo que estuviera relacionado con ella.

–Se divorciaron siendo yo muy joven. Mi padre se fue y no lo volví a ver.

Maximo se detuvo en seco y se volvió a mirarla.

–¿No lo has vuelto a ver nunca más?

–No.

El dolor del abandono que le había perseguido durante tantos años había quedado reducido a una cicatriz en un lugar recóndito de su corazón que apenas notaba.

–¿Cómo pudo abandonarte?

«También tú me abandonaste», estuvo a punto de decir ella, pero se mordió la lengua y calló, mientras dejaba que sus ojos recorrieran las ruinas del castillo.

–Tu padre murió hace años, ¿verdad? –preguntó ella.

Eso lo sabía porque lo había leído en la prensa.

–Hace trece años. Entonces yo tenía veinticinco, pero sentí mucho perderlo. Estábamos muy unidos.

Cass continuó caminando despacio, pensando en los fuertes vínculos familiares que parecían unir a Maximo con su familia.

–¿Nunca has querido casarte? –preguntó ella.

–Para ser feliz no hay que estar casado –respondió él.

Cass sintió un estremecimiento.

–¿Y yo, te hice feliz?

–Sí.

«Mucho», hubiera podido añadir él, pero prefirió callarlo.

—¿Pero tenías miedo de comprometerte conmigo?

—Nunca tuve miedo de una chica como tú.

—¿Una chica? ¡Maximo, tengo casi treinta años! —exclamó ella.

—Pero por dentro sigues siendo una niña.

Las palabras de Maximo la hicieron recordar su infancia. Hacía mucho tiempo que dejó de ser una niña. Exactamente el día que su padre abandonó el hogar familiar y su madre se desmoronó por completo. Ella tuvo que asumir un papel de adulto que no le correspondía, por su bien y por el bien de su madre. Su madre nunca fue capaz de aceptar y superar el abandono de su marido, y fue ella, Cass, la encargada de hacerse con las riendas del hogar familiar.

—Veo la niña que hay en ti en tus ojos —añadió él, con una ternura que a ella le resultaba totalmente desconocida—. Siempre esperando a que alguien vuelva a casa.

Cass sintió una fuerte presión en el pecho.

—Por favor —susurró, desviando la mirada—. No... —su voz se quebró. Cass se humedeció el labio inferior y recuperó las fuerzas—. No soy una niña. Ya no —volvió la cabeza hacia él y lo miró a los ojos, con calma y firmeza—. He aprendido.

—¿Qué has aprendido? —preguntó él, estudiándola con la misma intensidad.

Cass recordó los últimos seis meses de soledad, el dolor por la pérdida de Maximo, el inmenso sufrimiento por el aborto, la profunda tristeza que no la abandonaba nunca, y la lucha por sobrevivir.

La lucha continua para no hundirse y caer en lo más hondo del precipicio, para no perder el juicio.

Porque todavía no había aprendido a no echar de menos a Maximo, ni tampoco a dejar de amar alguien que se había convertido en su única familia desde hacía muchos años.

Cuando él la dejó, el vacío fue similar al que deja un ser amado al morir, con la diferencia de que Maximo no había muerto. Si hubieran estado casados, lo habrían llamado divorcio. Pero ella no era su esposa.

Ella no era nada. Y del dolor sólo había aprendido que no podía depender ni necesitar a nadie otra vez.

–He aprendido que todo es posible –respondió ella por fin–. Y que soy capaz de soportar cualquier cosa.

Él maldijo en voz baja y la rodeó con un brazo, pegándola firmemente contra él, cadera con cadera, rodilla con rodilla, empequeñeciéndola, envolviéndola en la intensa emoción que emanaba de su cuerpo, una emoción que él no quería sentir, pero que era incapaz de controlar cuando estaba con ella.

Bajó la cabeza a la vez que ella alzaba la cara hacia él, y sus labios se rozaron en una ligera caricia, que continuó después hacia abajo, hacia la garganta femenina.

–Es una lección muy dura –murmuró él, sobre su piel.

–Pero muy práctica.

–Muy práctica –repitió él, como si la palabra le divirtiera–. Práctica y sensata. No me extraña que hayas triunfado profesionalmente.

Cass se apartó de él bruscamente. El calor del cuerpo masculino pegado al suyo debilitaba sus defensas y no le permitía pensar racionalmente. Acto seguido volvió a ponerse las gafas de sol, para ocultar los ojos.

—¿Sensata? ¿Cuándo he sido sensata?

—En tu trabajo, con tus trabajos publicitarios.

Cass sonrió suavemente.

—No me conoces muy bien, ¿verdad? —dijo en voz baja.

Maximo le quitó las gafas y se las guardó en el bolsillo.

—Yo diría que mejor que mucha gente.

—En ese caso deberías saber que soy de todo menos sensata —le aseguró ella, entrecerrando los ojos para protegerse de la intensa luz solar del mediodía siciliano—. Lo que me hace buena en mi trabajo es que soy audaz, no sensata. Si he ganado premios ha sido no sólo por ser creativa, sino por arriesgar. Donde otros juegan sobre seguro, yo me lanzo a la yugular.

Cass se colocó la mano sobre los ojos para protegerse de los rayos de sol que se reflejaban en las piedras del castillo.

—Pero creía que eso era una de las cosas que te gustaba de mí. Ahora sé lo equivocada que estaba, en eso y en otras muchas cosas.

—No tan equivocada.

A Cass se le hizo un nudo en la garganta.

—Pero yo no te gustaba. No tanto como yo creía.

—Me gustaba todo de ti —le aseguró él, con fiereza.

–Eso lo dices ahora –dijo ella, tratando de ignorar el efecto que aquella declaración estaba teniendo en sus defensas.

–Yo admiraba tu trabajo mucho antes de que te encargaran la nueva campaña publicitaria de Italia Motors para Europa –dijo él, después de un breve silencio–. Yo amaba tu mente antes de saber que tenías una cara y un cuerpo.

Cass no dijo nada. La confesión llegó como una auténtica sorpresa. No sabía qué decir.

–Puedo enumerar tus principales campañas antes de trabajar para nosotros –continuó Maximo–. PUMA, Tag Heuer. Los anuncios para la destilería GC eran mis favoritos, tan audaces, espectaculares y a la vez emotivos. Tu visión y tu capacidad me deslumbraron desde el principio –hizo una pausa–. Y después te conocí, y eras más increíble incluso en persona. Nunca tuve la intención de acostarme contigo. Pero la noche que por fin nos conocimos en Nueva York supe que nunca volvería a conocer a nadie como tú. Eras... perfecta.

A Cass le quemaban los ojos. Apretó las mandíbulas y cerró los ojos. Quería las gafas de sol, las necesitaba, para cubrirse, para protegerse, porque se sentía totalmente desnuda ante él.

–Tan perfecta que me dejaste cuando te dije lo mucho que te amaba.

–No. Tan perfecta que sabía que estarías mucho mejor sin mí.

–No digas tonterías –exclamó ella, furiosa–. Eso es una excusa y lo sabes. No quieres a alguien y lo echas de tu vida porque es demasiado perfecto. ¡Por el amor de Dios, Maximo! ¡Me rompiste el corazón, me destrozaste! ¿Por qué? ¿Por ser demasiado perfecta?

Cass echó a andar deprisa, negándose a desmoronarse en ese momento delante de él. Maximo era uno de esos hombres incapaz de comprometerse y que siempre encontraría una razón para que una relación no funcionara.

Eso era algo que ella no quería.

De repente lo vio todo claro. De repente lo entendió. Ahora sabía por qué estaba allí.

¿Cómo había sido tan ridícula?

Se pasó una mano por el pelo, incrédula. Había ido a Sicilia a recuperar a Maximo, a conquistarlo de nuevo a pesar del dolor y del rechazo porque tenía que demostrarse a sí misma que era una persona a quien se podía amar.

Necesitaba demostrarse a sí misma que no era su madre, y que no iba a quedar abandonada y hundida como ella. Necesitaba probar que ningún hombre tendría el poder de destruirla como hizo su padre con la vida de su madre. Que ningún hombre la engañaría como el siguiente amante de su madre, que se comportó como si estuviera soltero, pero en realidad tenía mujer e hijos en otra ciudad.

Cass, la joven pragmática sobre la que recayó la responsabilidad de rehacer el mundo de su madre y que se había jurado ser más lista y más fuerte que su madre, pero que ahora estaba terminando exactamente igual que ella. Enamorada, y destrozada por amor.

Ella también había elegido a un hombre prácticamente inalcanzable, que quizá no estaba casado como el amante de su madre, Edward, pero que tampoco podía, o quería, darle más.

¿Qué demonios quería hacer con Maximo?

¿Obligarlo a volver con ella para que le diera lo que su padre nunca le dio? ¿Para que la salvara de la maldición de su madre?

De repente Maximo le sujetó el brazo y la obligó a detenerse.

—¡Déjame en paz! —exclamó ella, al borde de las lágrimas.

—No puedo.

—¿Por qué no? Me dejaste hace seis meses y no volviste a llamarme ni a verme.

—No quería hacerte daño, Cass —dijo él—. Pero era una situación complicada...

—Excusas. No quiero excusas. Y no quiero que me toques. Porque no es justo... cómo me utilizas. Cómo utilizas mi cuerpo y mis sentimientos contra mí.

Se apartó de él y siguió andando hasta el yate donde todo el mundo estaba embarcando. Allí se sentó en uno de los últimos asientos libres que quedaban, una silla en la cubierta superior, y se frotó las sienes. Tenía que irse y alejarse de Maximo para siempre. Tenía que volver a Roma y concentrarse en su trabajo. Aria Advertising, la empresa de publicidad para la que trabajaba, era lo único que podía salvarla.

Maximo fue el último en subir. Esperó a que el yate zarpara, y después acercó a Cass. En silencio, le entregó sus gafas de sol.

—Gracias —dijo ella, poniéndoselas.

De repente le surgió una extraña idea en la cabeza. ¿Quién estaba preparando la nueva campaña publicitaria de Italia Motors? Ella desde luego no. Tampoco tenía noticias de que la compañía estuviera a punto de presentar un nuevo diseño, lo que significaba que la empresa automovilística había buscado otra agencia de publicidad.

—¿Nos has despedido? —preguntó ella de repente, poniéndose en pie.

Por la expresión el rostro masculino, Cass se dio cuenta de que Maximo entendía perfectamente a qué se refería.

—Nadie en la empresa sabe nada del nuevo diseño —continuó ella—, pero si vais a presentarlo pronto, tenéis que tener la campaña preparada.

Maximo titubeó una décima de segundo.

—La tenemos.

Cass lo miró, estupefacta.

—¿Por qué?

—Me pareció que sería lo mejor.

—O sea que yo te pido más personalmente y tú me castigas profesionalmente —dijo ella, alzando el tono de voz, sin importarle la gente a su alrededor.

Maximo la tomó del brazo y la llevó hacia un extremo de la cubierta, lejos de las tumbonas, donde no había nadie.

—No te estaba castigando, quería ayudarte. Sabía que estabas teniendo dificultades.

—No —dijo ella, soltándose de él.

—Sé que muchas empresas están retirando sus cuentas...

–Y tú tienes que unirte a la fiesta.

–Pensé que tenías mucho estrés.

Cass exhaló un profundo suspiro. No podía reaccionar. Había perdido otro cliente, y no un cliente cualquiera, sino Italia Motors.

–¿Cuándo pensabas comunicármelo? –preguntó ella, tratando de adoptar un tono profesional.

–Ayer entregaron una carta certificada en la agencia.

Pero el día anterior ella no estaba en Aria Advertising; estaba de viaje con Emilio, camino de Siracusa.

–Así que toda la agencia lo sabe –dijo, en un hilo de voz casi inaudible.

–Umberto me llamó.

Umberto, propietario y presidente de Aria Advertising.

–Supongo que no estaría muy contento.

A pesar del cálido día, Cass se estremeció y se frotó ligeramente los brazos. Umberto estaría furioso y necesitaría un culpable. ¿Quién mejor que ella? ¡Qué paradójico, ella luchando por una relación personal a la vez que perdía su trabajo!

–No me extrañaría encontrarme una carta de despido esperándome en Roma.

Maximo no habló inmediatamente. Alzó los hombros de manera casi imperceptible y Cass sintió más que oyó el suspiro que exhaló.

–Me ha dicho que estos últimos meses has tenido problemas para concentrarte. Está preocupado.

Cass sentía el peso de la mirada de Maximo en ella, su preocupación, y se puso furiosa. No tenía derecho a estar preocupado por ella. No sólo la había abandonado, supuestamente porque era demasiado perfecta, sino que además había retirado su cuenta, una de las cuentas más importantes de la empresa, y la había condenado al desempleo.

–Cass –Maximo no pensaba rendirse–. ¿Qué ocurrió?

Presa de ira, Cass se volvió hacia él con los puños apretados.

–¿Que qué ocurrió? ¿Cómo puedes preguntarme eso? –exclamó, presa de ira–. Tú, Maximo. Tú ocurriste, que llegaste como un sanguinario general romano. Llegaste, conquistaste y te fuiste. Y cuando te fuiste, yo tuve que recoger los pedazos que quedaron de mi corazón, y no fue fácil –Cass aspiró hondo, pero ahora tenía los ojos totalmente secos–. Tú me cambiaste, y cambiaste mi vida, aunque no quieras admitirlo. Y puedes encargar la publicidad a quien te dé la gana, porque no quiero saber nada más de ti. Nunca. Se acabó. *Finito. Fini.*

Capítulo 10

ERAN unas buenas palabras de despedida, pero Maximo se negó a dejarla marchar antes de la celebración de la boda. Discutieron todo el camino desde el puerto de Ortygia al *palazzo* Guiliano, y continuaron en la escalinata principal y hasta el dormitorio de Cass.

Aunque ella intentó cerrar la puerta, Maximo la sujetó a tiempo y entró detrás de ella.

—Sé que estás furiosa conmigo, Cass, pero tienes que escucharme —dijo él, sin dejarse intimidar por la miraba furibunda que ella le dirigió cuando lo vio a su espalda.

—Ya no me importa nada —dijo ella, tratando de refugiarse en el cuarto de baño.

Pero Maximo la siguió y la arrinconó cerca del lavabo.

—Claro que te importa. Ése es el problema. A los dos nos importa y los dos nos estamos volviendo locos —le aseguró él, a pocos centímetros de ella, presionándola contra el borde del lavabo—. Intenté dejarte marchar, Cass. Pensé que si te dejaba y conocías a otro hombre, alguien bueno, leal y menos complicado que yo serías feliz. Quería que fueras feliz. Quería que tuvieras la felicidad que mereces.

No la estaba tocando, y sin embargo Cass podía sentir su fuerza y su calor, su energía, el instinto primario que lo diferenciaba de otros hombres, que la hacía sentir infinitamente bella y deseable. Porque cuando él la miraba como la estaba mirando ahora, Cass no podía imaginarse estar con nadie más. No podía imaginar desear ni necesitar a nadie más. Y cuándo él la miraba así, con los ojos tan negros y apasionados, con una mirada tan intensa, Cass sabía lo mucho que él continuaba deseándola.

Lo sabía aunque él nunca dijera en voz alta las palabras que ella quería oír.

Maximo se estaba inclinando hacia ella, bajando la cabeza, y ella supo que iba a besarla. Y también que no debía permitírselo. El contacto con la boca masculina siempre había sido su perdición. No era sólo un beso, era amor. Ella lo amaba. Amaba su cuerpo, su olor, su piel, las sensaciones del cuerpo duro contra el suyo.

—Esta vez no puedes tenerme —susurró ella, girando la cabeza hacia un lado—. Tengo que ser práctica.

Maximo le tomó la cara con la palma de la mano y le acarició la mejilla con el pulgar. Ella se mordió el labio para ocultar la inmediata y apasionada reacción de su cuerpo.

Él era lo más importante en su vida, no podía negarlo.

—Vete, por favor —susurró.

Maximo bajó la mano y dio un paso atrás, sin dejar de mirarla. Después sacudió ligeramente la cabeza y le dio la espalda.

–Salimos hacia el Duomo dentro de una hora –dijo él, caminando hacia la puerta–. Nos vemos abajo cuando estés lista.

Mientras se duchaba y vestía para la boda, Cass se dijo que no iba a pensar ni a permitir que las emociones la dominaran.

El vestido negro de Gaultier que había elegido para la ocasión le ceñía el cuerpo como una segunda piel. Era un diseño muy audaz y moderno, y Cass aspiró hondo mientras se decía que el vestido era como una coraza protectora. Se calzó unos zapatos de aguja también negros y con altos tacones, y se miró al espejo. Sólo tenía que mantenerse fría y distante durante las dos próximas horas, y después podría irse.

Con el pelo suelto, el único toque de color que llevaba era el de la pulsera de diamantes blancos y amarillos, uno de los primeros regalos de Maximo.

Maximo la estaba esperando en el piso inferior, pero en aquel momento recibió una llamada de teléfono que se alargó más de lo esperado, y llegaron a la catedral cuando ya todo el mundo había entrado.

Mientras subían con pasos apresurados la escalinata de piedra de la catedral, un hombre salió de entre las sombras y se detuvo ante ellos, cortándoles el paso.

Era Emilio.

–Has vuelto –dijo Maximo.

–Vengo a buscar a mi prometida –dijo Emilio.

–Ah, sí, ibais a casaros en Padua –recordó Maximo, sarcástico.

Cass se tensó. Maximo le estaba provocando,

pero era el peor momento. Todos los invitados estaban en el interior de la catedral, y Adriana no tardaría en llegar.

—Sí, la ciudad natal de Lorna —continuó Emilio—. Por cierto, creo que está enterrada por aquí. ¿Cuándo fue el funeral? —dijo, fingiendo tratar de recordar—. ¿En mayo, o junio? —se encogió de hombros—. En fin, no era mi esposa. No era mi responsabilidad.

Lorna otra vez, pensó Cass. ¿Qué habría ocurrido entre Maximo, Emilio y la tal Lorna? ¿Quién era Lorna? ¿Qué había enfrentado a tres familias sicilianas?

Cass miró a Maximo, y la expresión del rostro masculino la asustó.

—Tenía que haberte matado cuando tuve la oportunidad —le dijo Maximo, furioso—. Has hecho sufrir mucho a mi familia, y también a los d'Santo.

—Fue decisión de Lorna, ya lo sabes.

—Tú siempre tienes que echarle la culpa a otro.

—No era yo quien conducía.

—Pero sabías que tenía un defecto. Sabías que el prototipo tenía fallos y que era peligroso.

—No tenía que conducirlo ella.

—No, era yo. El coche estaba preparado para mí, ¿verdad?

Maximo se echó hacia delante y sujetó a Emilio por el cuello. Le cerró la mano alrededor de la garganta y apretó fuerte con los dedos.

—Tenías que haberte preocupado un poco más por ella. Era lo mínimo que podías hacer.

Pero Emilio no podía responder. Tenía las manos de Maximo en la garganta, a punto de estrangularlo.

Cass sujetó el brazo de Maximo, pero éste no soltó a su presa.

—Basta —dijo Cass, zarandeando el hombro de Maximo, tratando de hacerle reaccionar.

Pero era como si Maximo fuera otra persona, incapaz de razonar y de controlarse. Era alguien sumido en un infierno insoportable y dispuesto a llevarse a Emilio con él.

—No lo hagas, Maximo —le suplicó Cass—. Tu hermana está a punto de llegar. Todos los invitados están dentro de la catedral.

Pero Maximo ni siquiera la miraba. Tenía los ojos tan clavados en Emilio como sus manos.

De soslayo, Cass vio la elegante limusina negra decorada para la ocasión con flores y lazos blancos detenerse delante de la catedral.

—Ha llegado Adriana —dijo Cass a Maximo—. No dejes que te vea así con Emilio.

Por fin Maximo pareció volver a la realidad y soltó a Emilio de un empujón. Éste se llevó la mano a la garganta, jadeando.

—Lárgate —masculló Maximo con los dientes apretados—. Lárgate o termino contigo ahora mismo.

—¿Con ella también? —dijo Emilio, todavía pálido, pero con un destello de rabia y amargura en los ojos que reflejaba por encima de todo su sed de venganza.

—¿Por qué iba a destruirla a ella? —preguntó Maximo, furioso.

—Lo harías si supieras lo que te hizo —respondió Emilio, con una voz sedosa que provocó un estremecimiento en Cass.

–Tus juegos y mentiras no me interesan –le espetó Maximo, tomando a Cass de la mano.

–Deberían –dijo Emilio–. Estaba embarazada, de tu hijo –añadió, con malicia.

Cass sintió la fuerza de Maximo en la mano y escuchó su respiración.

–Mejor dicho, de tu hija –continuó Emilio despiadadamente–. La angelito de Cass abortó. Te dirá que fue un aborto natural, pero si echas un vistazo al historial clínico, pone claramente que ordenó un legrado.

Mientras Emilio hablaba Cass se había quedado completamente helada y petrificada, pero al escuchar las últimas palabras no pudo evitar reaccionar. El nombre del procedimiento se le había quedado grabado en su mente con tanta claridad y tanta violencia que se revolvió contra el hombre.

–Basta –exclamó Cass, casi sin voz, a la vez que la mano de Maximo la soltó.

–¿Y por qué? –continuó Emilio, sin inmutarse–. Por venganza. Viniste aquí por venganza, querida. Te lo digo para que no pierdas de vista tu objetivo –le recordó, sonriendo cruelmente–. Ya me voy. He cumplido con el deber que me ha traído hasta aquí. No es necesario que continúe imponiendo mi presencia.

Sin decir nada más, Emilio bajó la escalinata de la catedral, y dejó a Cass sola con Maximo en el momento en que Adriana y sus cuatro damas de honor descendían del coche de novia entre risas y exclamaciones de alegría y nerviosismo.

Maximo miró a Cass como si no la hubiera visto nunca.

–Lo ha tergiversado todo. No fue así –le aseguró ella.

Las facciones de Maximo podían haber estado cinceladas en granito.

–¿Así que no estabas embarazada?

–Sí...

–Lo estabas.

–Hubo complicaciones.

–¿Abortaste?

–No. Bueno, al menos no como ha dicho Emilio.

–Eso no es lo que he preguntado. Sólo quiero saber si abortaste.

Las voces animadas y los pasos apresurados del grupo de jóvenes que ascendía por las escaleras de la catedral se acercaba.

–¡Si tanto querías saberlo, deberías haber estado allí! –le espetó ella, furiosa.

Maximo la sujetó por el brazo con rabia.

–Si le hiciste algo al bebé por venganza o por despecho...

–¿Que si yo le hice algo a mi bebé? –Cass lo empujó, tratando de apartarse de él, aunque sin lograr zafarse de la mano que la sujetaba–. ¿Que si le hice algo a mi bebé? ¿Qué clase de lunática malvada crees que soy? ¡Cómo si fuera capaz de hacer daño a mi propia hija!

–Ni siquiera te gustan los niños.

–Dios mío, eres repugnante –exclamó ella, atragantándose mientras luchaba por respirar–. Eres... eres todo lo contrario a lo que creía que eras.

–¡No fui yo quien abortó!

–¡Ni siquiera sabes lo que pasó! ¡Ni siquiera estuviste allí! Tuve que llamar a un maldito taxi en mitad de la noche para ir al hospital porque me estaba desangrando. Y tuve que llamar a un taxi porque no había nadie para llevarme al hospital. Un maldito taxi.

—Más vale que digas la verdad —dijo él, amenazador.

—¿O qué? —gritó ella, empujándolo otra vez, ajena a todo excepto el dolor que le producían las palabras de Maximo—. ¿Me descuartizarás, miembro a miembro? ¿Me estrangularás? ¿Me azotarás? O peor aún, ¿me volverás a abandonar?

Cass tiró con tanta fuerza para zafarse de él que se golpeó contra una de las damas de honor. Adriana y sus acompañantes se detuvieron en seco.

Por un momento, nadie dijo nada, pero enseguida las damas de honor siguieron corriendo escaleras arriba hacia las inmensas puertas de la catedral.

—¿Otra vez estáis discutiendo? —quiso saber Adriana, sujetándose el velo con una mano y la cola del vestido con la otra.

—Ahora no es el momento, Adriana —susurró Maximo.

—Pero...

—No —le interrumpió de nuevo su hermano, tajante—. Entra en la iglesia. Ahora voy.

Pero Adriana no se movió.

—¿Por qué tenéis que discutir ahora? ¿No es suficiente que os haya visto todo el mundo discutiendo en el yate? ¿Cuántas veces os habéis peleado hoy? ¿Tres, cuatro? Parece que os odiéis.

—Peor que eso —dijo Cass, tratando de tranquilizarla–. Pero tienes razón, Adriana. Hoy es tu día, y ya hemos discutido demasiado. Pero hemos terminado. Totalmente. Te lo prometo.

Secándose las lágrimas con el dorso de la mano, Adriana salió corriendo detrás de sus damas de honor y Maximo se volvió hacia Cass.

–No pensarás ni por asomo que hemos terminado.

–Quizá tú no, pero yo sí. Estoy harta de los secretos, de las mentiras, de las falsedades. Hay cosas que nunca me has contado que yo debería saber...

–Igual que hubo un hijo del que yo no he sabido nada.

–¡Te fuiste de mi vida, me abandonaste! –repitió ella por enésima vez.

–¿Y pensabas guardarlo en secreto?

–No sé qué habría hecho si hubiera nacido. Probablemente te lo habría dicho. No lo sé. No llegué tan lejos.

Cass aspiró hondo. Tenía las manos empapadas en sudor y sentía náuseas en el estómago.

–El bebé no estaba bien –empezó a explicar ella, y se interrumpió, tratando de controlar las náuseas–. Fui a uno de los mejores especialistas europeos, pero... –Calló de nuevo y sacudió la cabeza–. ¿Por qué tengo que darte ninguna explicación? No te debo nada.

Cass giró sobre sus talones para descender de nuevo la escalinata de la catedral y alejarse definitivamente de él.

–Si te vas ahora, Cass, me veré obligado a seguirte y estropearé la boda de Adriana.

Ella no se volvió, pero no continuó caminando.

–No tienes que seguirme. Sólo dejarme ir. Es lo que siempre quisiste...

–No era lo que quería. Nunca quise dejarte, y es hora de que lo sepas –sus pasos sonaron detrás de ella, hasta llegar a su altura–. Entra conmigo y hablaremos después de la boda. O podemos pasar de la boda y hablar ahora.

–No arruinarías la boda de tu hermana.

–¿Eso crees?

Lentamente Cass se volvió y lo miró. Bajo la expresión fría y dura, Cass vio el agotamiento en las líneas de la boca, y unas sombras en los ojos negros que estaban cargadas de sufrimiento.

–No quiero estropear el día de la boda de Adriana –dijo ella, desviando la mirada, incapaz de soportar su intensidad–. Me quedaré hasta el final de la ceremonia –accedió por fin.

Juntos pero sin rozarse subieron los últimos escalones en silencio. Dentro de la iglesia, Maximo tomó el brazo de su hermana para conducirla al altar mientras Cass buscaba un banco vacío lo más lejos posible del altar.

La ceremonia de la boda fue larga y formal, y Cass no supo cómo se las arregló para seguir el ritual, levantándose, sentándose, levantándose de nuevo, arrodillándose. Era como una coreografía que ella desconocía, y lo único que deseaba era volver a sentarse de nuevo.

Maximo sabía que había tenido un aborto, pero no sabía lo más importante. No sabía por qué.

El coro continuó cantando, salmo tras salmo, con

unas voces hermosas, casi angelicales, pero Cass no sentía nada. Sólo oía una voz en su mente que le decía: «Para esto querías venir a Siracusa. Querías verlo. Querías enfrentarte al pasado, y ya lo has hecho».

Quería decirle lo que había pasado, necesitaba que Maximo entendiera la verdad.

Le dolía el vientre. Si él hubiera estado allí, sabría lo mucho que había sufrido y sería consciente de que hay cosas imposibles de olvidar. Como la pérdida de un hijo. Aunque el pequeño sólo tuviera dieciocho semanas de vida en su seno.

De repente una oleada de náusea se apoderó de ella y Cass tuvo que cubrirse la boca con la mano.

Por fin la ceremonia terminó y los novios salieron de la catedral entre el repiqueteo de las campanas y la marcha nupcial. Maximo acompañó a su madre hasta su automóvil, e inmediatamente después volvió a buscar a Cass.

—Ahora podemos irnos —dijo él.

—No tienes que irte...

—Sí. Necesito la verdad, y tú también —dijo él, tomándola por el codo y llevándola hacia una salida lateral, lejos de los invitados y del cortejo nupcial. Allí, una limusina con chófer les esperaba para conducirlos al palacio de los Guiliano, donde el lujoso automóvil de Maximo les esperaba junto a la puerta principal.

—Ya han recogido nuestras cosas —dijo Maximo, apeándose de la limusina—. Podemos irnos ahora mismo.

Cass miró al coche de Maximo y después a él.

Había al menos siete horas de viaje hasta Roma y no se sentía con fuerzas para hacer todo el trayecto con él sola.

–Será mejor que hablemos y nos despidamos aquí –sugirió ella.

–No es tan fácil...

–Claro que lo es. Dime lo que tengo que saber, yo te diré lo que tienes que saber y así podremos poner punto final a esta pesadilla –dijo ella–. ¿No te das cuenta de que somos como una horrible enfermedad? Nos consumimos el uno al otro y no me gusta. Lo odio, y odio cómo me hace sentir. Tiene que terminar ya.

Maximo quedó en silencio un momento.

–¿Qué pasó con el bebé, Cass?

–La perdí.

–Era una niña –dijo él, apoyándose en el coche, hundiéndose una mano en el pelo.

–Sí.

Cass todavía podía ver la imagen de la ecografía de la nueva vida que crecía en su vientre. Los ojos se le llenaron de lágrimas, y ella sacudió la cabeza. Se mordió el labio inferior.

–No le hice nada. La quería, y quería tenerla.

–¿Entonces qué pasó? ¿Por qué abortaste?

–Ella ... no estaba bien. Tenía... tenía un agujero en el corazón –logró balbucear por fin, tratando de contener las lágrimas, pero esta vez fue imposible–. Les supliqué que hicieran algo para salvarla. Yo no quería perderla. Era tuya y mía, nuestra hija... –cerró los ojos, contuvo el aliento, y sacudió la cabeza–, y la quería con todo mi ser.

Dio la espalda a Maximo, incapaz de mirarlo, incapaz de dejarle ver la intensidad de su dolor.

–El aborto fue porque me negué a poner fin al embarazo unas semanas antes, y entonces tuve un aborto natural. No podían detener la hemorragia. Me hicieron un legrado porque mi vida corría peligro. Lo hicieron para salvarme.

Maximo no dijo nada. Tras unos momentos de silencio, Cass pudo detener las lágrimas y se secó los ojos.

–Perderla fue lo que me destrozó por completo. No podía dormir, ni concentrarme en el trabajo. Me sentía hundida, y muy triste. Sé que parece una tontería, porque sólo estaba embarazada de dieciocho semanas, pero cuando la perdí, fue como perderme a mí misma.

–¿Por qué no me lo dijiste?

Cass sacudió la cabeza con impaciencia.

–¿Cómo puedes preguntar eso?

–Porque sabes que hubiera querido saber...

–¿Cómo lo iba a saber? –preguntó ella, volviéndose hacia él–. Tú me dejaste. No querías saber nada de mí. ¿Por qué iba a pensar que querías saber algo de mi hija?

–Porque también era mía.

Capítulo 11

S U HIJO también.

Las palabras de Maximo se repitieron en su cabeza como un eco, y Cass se hundió, sin fuerzas.

–Volvamos a Roma –dijo él.

Sus cosas ya estaban en el coche. Vistiendo el mismo traje de tarde negro que había llevado para la ceremonia de la boda, Cass se sentó en el asiento delantero y se puso el cinturón de seguridad. Maximo se sentó al volante y arrancó, dejando atrás Ortygia y Siracusa, camino del ferry de Messina.

–Tengo las fotos de la ecografía –dijo ella, tras un momento–. Si quieres verlas...

–¿Dónde está enterrada?

–Era muy pequeña. No hubo entierro.

Maximo le dirigió una mirada de indignación e incredulidad.

–No puede ser. ¿Qué hicieron con ella?

Cass sintió que perdía otra vez el control de sus emociones.

–No lo sé –respondió. Unió las manos en el regazo para ocultar el temblor que las sacudía visiblemente–. No lo pregunté. Ni tampoco se me ocurrió pensarlo. Estaba demasiado afectada.

–¿Perdiste mucha sangre?

–Mucha, sí.

–¿Cómo detuvieron la hemorragia?

–Después del legrado, cauterizaron... –el recuerdo de aquella noche le dio náuseas–. Supongo que es el procedimiento normal.

Maximo la miró de nuevo.

–¿Hubo más complicaciones?

–Me parece que no.

–¿Y ahora puedes tener hijos?

Cass tragó con dificultad, con la garganta totalmente reseca.

–No lo sé. No... –aspiró hondo e intentó continuar–. No lo... –se mordió el labio–. Quería tener a nuestra hija, y la perdí, y en aquel momento no podía pensar en nada más.

Maximo no respondió. Cass permaneció con la mirada en la ventanilla, sin ver el paisaje que los rodeaba. Su intención había sido no dejar que Maximo supiera cuánto había sufrido, por él y sin su amor, pero sentada a su lado camino de Roma, Cass se sintió más sola que nunca.

A las afueras de Catania, ya de noche, tomaron la autopista y viajaron a mayor velocidad, aunque en total silencio e inmóviles, como estatuas descubiertas en algunas antiguas ruinas sicilianas.

Había entre ellos una nueva y extraña quietud. La calma que precede a la tormenta. El silencio antes del huracán, la paz que precipitaba la catástrofe.

Cass supo que iba a pasar algo terrible, algo que no debería pasar, y que ella sería incapaz de detener.

–¿Sabes qué es de lo que más me arrepiento? –dijo

ella por fin, rompiendo el tenso silencio–. De no haberte pedido más. De no haber querido ser una carga para ti, pero ahora sé que tenía que haberlo hecho. Nos hubiera ahorrado a los dos dos años perdidos.

Maximo no la miró, pero sus palabras sonaron como una maldición.

–No habría cambiado nada –dijo él, en una voz sin inflexión, sin emoción–. Nada hubiera podido detener lo que siempre ha habido entre nosotros. Y créeme, lo intenté.

–¿Intentaste terminar lo nuestro?

–Muchas veces.

Cass sintió como si le hubieran clavado una lanza ardiendo y helada en el corazón.

–Así que el día que te fuiste no fue una casualidad. Estabas preparado para irte.

Maximo emitió un sonido duro y apretó los dientes.

–No, no estaba preparado. Pero tuve que irme.

–¿Por qué? –preguntó ella, recordando el dolor que se apoderó de ella la noche que él se levantó de la cama, se vistió y salió de su apartamento para desaparecer completamente de su vida –. ¿Por qué? –repitió, casi como una niña, no una mujer.

El dolor y la necesidad que sentía la avergonzaban, pero no se pudo reprimir.

Maximo detuvo el vehículo en la cuneta de la autopista y puso el freno de mano. Apoyó las dos manos en el volante y bajó la cabeza.

–Era inevitable –dijo él–. Cass, vi cómo cambiabas delante de mis ojos. El daño que te hacía nuestra relación. Yo me aproveché de ti. Yo lo sabía, y tú también. No puedes negarlo. Creo que ya es hora de que seamos honestos los dos, de que digamos la verdad.

La verdad. En el corazón de Cass se hizo un nudo. La verdad era que lo amaba. Lo amaba más que a sí misma.

–Yo cambié –dijo ella–, y a medida que pasaba el tiempo, necesitaba más. Pero tú lo odiabas. No podías, o no querías, dar más –tenía los ojos llenos de lágrimas–. Cada vez dabas menos. Y yo te pedía menos, para que vieras lo independiente que era, para que apreciaras lo maravillosa que era. Y para que quisieras una relación más estable conmigo.

–Cass, tu querías que yo fuera el hombre perfecto, pero nunca lo fui, ni cuándo te conocí, ni después.

Cass dobló los dedos.

–Me lo dejaste creer durante casi tres años.

–Cometí un error, lo reconozco.

Algo se rompió en su interior. Cass abrió la puerta del automóvil y se apeó. Los coches pasaban a su lado a gran velocidad, sin verla. Maximo abrió su puerta y la siguió.

–Cass, esto es peligroso.

–Contigo todo es peligroso, Maximo –dijo ella, ajena al tráfico que pasaba a ráfagas veloces junto a ellos–. Contigo nunca tuve una oportunidad, ¿verdad?

Maximo no respondió enseguida, y Cass lo miró. Vio el rostro masculino a la luz de los faros del coche, y por un momento pensó, esperó, deseó una vez más oír de sus labios las palabras que había soñado escuchar durante semanas y meses.

Te necesito. Te quiero.

Un ligero movimiento de cabeza frustró sus esperanzas.

–No –dijo él–. Ni siquiera pensé que pudiéramos durar más de una noche.

Y sin embargo duraron mucho más de una noche. Y llegaron mucho más allá de donde llegan muchas parejas, en una relación intensa, fiera e íntima.

Quizá no hablaran de sus respectivas familias, ni se plantearan un futuro en común, pero cuando estaban juntos, la unión entre ambos era completa. Nadie conocía su cuerpo y sus deseos más íntimos como Maximo, y ella estaba segura de que nadie conocía a Maximo como ella.

–Yo te habría dado veinte años, no dos –dijo ella, cerrando los ojos, con el corazón destrozado.

Ella lo amaba. Habría muerto por él. Y él la abandonó. Y después, cuando perdió a su hija, deseó morir.

–Tenía que ser sólo sexo –dijo Maximo, empezando a perder los estribos.

–Pero no fue sólo sexo, Maximo, ¿verdad? Yo fui mucho más que sólo un cuerpo...

Maximo la sujetó y la abrazó con fuerza contra su cuerpo. Hundió la mano en los cabellos rubios, sin dejarla escapar.

–Tú sabes perfectamente lo que fue. Tú conoces la verdad. Pero no es suficiente conocerla, tienes que oírla, necesitas las palabras.

–¡Sí! –exclamó ella–. Quiero las palabras, quiero saber qué querías de mí cuando venías a verme, cuando te unías a mí, cuando me hacías llorar de deseo y necesidad.

Maximo le sujetó la barbilla con la mano y le alzó la cara, sin soltarla.

—Te deseaba con todas mis fuerzas, *bella*. Quería estar contigo siempre, día y noche. Te deseaba tanto que cada vez que te dejaba después de hacer el amor me mataba pensar que alguien pudiera apartarte de mí.

Los labios masculinos rozaron los suyos, y Cass aspiró el aire de su boca, temblando, con las piernas temblorosas. Estaba perdida.

—No tenías que irte —repitió ella—. Yo era tuya y sólo tuya. Desde el principio. Desde la primera noche. Desde la primera vez que te vi.

Maximo le cubrió los labios con los suyos, y Cass sintió por fin su calor y su sabor, lo que más deseaba y necesitaba. Lentamente él la besó, sin prisas. No eran necesarias. Sólo un beso, y ella haría cualquier cosa por él. Un beso y era suya para siempre. Un solo beso, y se entregaba a él en cuerpo y alma.

—¿Crees que no lo sé? —dijo él, con voz grave y gutural—. ¿Crees que no sé lo que tenía, lo que perdí?

Por primera vez, Cass escuchó dolor, arrepentimiento y anhelo en la voz masculina.

Sorprendida por la expresión de emoción apenas contenida, Cass trató de rodearle el cuello con los brazos, pero él le sujetó las muñecas.

—Todavía no sabes ni la mitad, *bella*. No tienes ni idea de quién soy, ni de lo que he hecho, ni de lo que soy capaz.

—No me importa —dijo ella—. Nunca he deseado a nadie como te deseo a ti. Nunca he querido a nadie...

—Amor no —le interrumpió él, con fiereza, bajándole las manos—. Teníamos un trato...

—Maximo, no estamos casados. Podemos hacer lo que queramos, decir lo que sentimos. Somos libres —dijo ella, rodeándole la cintura con los brazos.

—Yo no —dijo él—. Yo nunca he sido libre.

Los labios de Cass temblaron sin control, y ella trató de mordérselos para detenerlos.

—Te utilicé —dijo él, mirándola a los ojos—. Cada vez que iba a verte, Cass, te utilizaba. Y te mentía, una y otra vez. Y habría seguido haciéndolo si tú no me hubieras pedido más.

Cass tenía miedo de moverse y de respirar. Cada palabra que él decía provocaba una nueva ampolla en su corazón.

—Pregúntame lo que quieres saber, Cass.

Ahora que él le daba la oportunidad de preguntar, ahora que él había abierto la puerta, ella no pudo hablar. Ya no quería saber por qué él no podía corresponder su amor.

—No —protestó ella.

Fue a bajar los brazos, pero él le sujetó las manos a su espalda, pegadas a su cintura, y las mantuvo allí.

—Pregúntame.

—No.

—Te he destrozado el corazón. Has dejado de comer, de dormir, has estado a punto de dejar tu trabajo. Venga, pregúntame qué es lo que tan desesperadamente quieres saber.

Cass sintió las lágrimas que se agolpaban no sólo en sus ojos, sino también en su interior, hasta el recóndito lugar donde se forjan los sueños y se guardan los secretos.

—Vas a romperme lo que me queda de corazón, ¿verdad? —susurró ella.

—Qué afortunada eres —dijo él, con sarcasmo—. A ti aún te queda algo.

Ahora Cass ya no tenía nada que perder, nada más que ocultar, nada más que revelar, y cerró los ojos.

—¿Por qué no podía pedirte amor? —preguntó por fin—. ¿Qué había de malo en eso?

Maximo bajó la cabeza, le cubrió la boca con la suya y la besó profunda e intensamente durante un largo rato. Ella se colgó de él, con las manos sujetas a su camisa, las caderas pegadas a las de él, los senos contra su pecho.

Maximo la había besado muchas veces, con pasión y con hambre, con arrogancia y posesión, pero aquel beso era diferente. Era una admisión de amor y de pérdida, de necesidad y de culpa. Era un beso con el que le decía que ocurriera lo que ocurriera, él la había deseado y amado con toda intensidad.

Que había sido amada de verdad.

Incluso si él no lo expresaba con palabras.

Largos minutos después, Maximo alzó la cabeza, le pasó lentamente el pulgar sobre el labio inferior y le sonrió con la sonrisa de un hombre que estaba ardiendo en el infierno.

—He estado casado, *bella*. Todo el tiempo que estuvimos juntos era el marido de otra mujer —confesó, por fin—. Cass, durante los dos años y medio que estuvimos juntos, yo pertenecía a otra mujer.

Capítulo 12

CUANDO nos conocimos estaba casado –repitió él, con una voz más dura y más fuerte–. Y también cuando nos dejamos de ver. Mi esposa falleció hace poco.

Cass era incapaz de procesarlo todo. Preguntas, protestas, dudas se agolpaban en su cabeza. Era imposible. No podía ser verdad. Maximo se lo habría dicho.

–Estuve casado casi doce años –continuó él, al ver la incredulidad en el rostro femenino.

Cass se llevó la mano a la boca y la apretó contra el labio superior para tratar de contener las náuseas. El mundo estalló en su interior, pero ella seguía sin poder creerlo.

¿Casado mientras estuvo con ella?

Se tambaleó unos pasos hacia atrás, sin saber qué decir ni adónde ir. Quizá fuera un sueño. Quizá estuviera en la cama, soñando, y pronto se despertaría. Pero no, en el fondo sabía que no era un sueño.

–¿La amabas? –preguntó por fin, sin saber qué más decir.

El secreto que Maximo había guardado tan celosamente le estaba destrozando lo poco que quedaba de su corazón.

–Al principio, sí. Antes de que me fuera infiel.

–¿Te fue infiel?

–Lorna, mi difunta esposa, tuvo... Con Emilio.

–¿Y por eso te liaste conmigo?

–¡No! –exclamó él–. Quería divorciarme, Cass, te lo juro, pero no podía. Había circunstancias...

–Siempre hay circunstancias, ¿verdad? –repitió ella, sarcástica.

Cass había ido a Sicilia el día anterior porque quería otra oportunidad con él, y porque pensaba que lo peor que podía ocurrir era que él la rechazara de nuevo. Y para eso estaba preparada.

Se había equivocado. Otra vez.

Maximo se acercó a ella y la sujetó por los hombros.

–No podía divorciarme de ella porque estaba en coma, Cass. No podía hacerle eso a su familia, ni a la mía, aunque me hubieran apoyado porque conocían la verdad.

Cass se apoyó en el coche, sin fuerzas. Le temblaban las piernas, y por dentro su cuerpo era una masa amorfa de nervios y adrenalina, pero no podía apoyarse en él.

–Tenías que habérmelo dicho. Tenía derecho a conocer la verdad.

–Pensaba que... no tardaría en ser libre.

–Libre –rió ella. Y después exclamó, furiosa –: ¿Cómo pudiste dejarme creer que estabas ocupado con trabajo? ¿Qué pretendías que...? –Cass se interrumpió y se secó las mejillas húmedas con el dorso de la mano–. Vámonos, por favor. Quiero irme a casa. Ahora.

Maximo subió al coche y poco después estaban de nuevo inmersos en el tráfico de la autopista.

¡Qué equivocada había estado!, pensó ella. Equivocada en el amor, y equivocada sobre él.

La última vez le había costado tanto tratar de olvidarlo que había llegado a convencerse de que era capaz de superar cualquier cosa. Porque al final había logrado sobrevivir.

Ahora, unas ácidas lágrimas le quemaban los ojos. Cerró las pestañas y suavemente primero y con firmeza después, se mordió el labio inferior. Si había sobrevivido a Maximo una vez, podría volver a hacerlo.

Tras seis meses hundida en el dolor, se dijo que el amor merecía un esfuerzo más, una última oportunidad, y por eso había ido a Ortygia con Emilio aquel fin de semana. Para buscar aquella última oportunidad, para hacer un último esfuerzo.

Pero ahora había llegado al final del partido y ella había perdido. Ahora tenía que aceptar su derrota a pesar del dolor.

—Has dicho que estaba en coma —dijo, tras unos minutos de horrible silencio.

—Sí.

—¿Y murió?

—A principios de junio.

«Igual que el bebé».

Cass se mordió el labio inferior con fuerza, tratando de no pensar que quizá el aborto había sido un terrible castigo divino, por haberse acostado con un hombre casado.

—¿Cómo murió?

—Por una infección que no lograron detener a

tiempo. Los antibióticos ya no pudieron hacer nada –dijo él, y aspiró hondo–. Fueron diez años de sufrimiento, Cass. Perdí a Lorna mucho antes incluso del accidente, pero entonces no lo sabía, y he vivido con esta terrible carga mezcla de dolor, rabia y remordimientos durante una década. Aunque su cuerpo estaba en el hospital, no había actividad cerebral, pero yo insistí en mantenerla con vida artificialmente. De no haber sido por eso, habría muerto la noche misma del accidente.

Cass estaba segura de que tenía que preguntar más cosas, pero no podía absorber ni procesar nada más. Estaba demasiado dolida.

Maximo había jugado con ella y con su amor. Y ella había sido tan estúpida, había estado tan ciega, que no supo darse cuenta de que se había enamorado de un hombre casado. Igual que su madre.

Era tan patético que sintió ganas de reír. No podía ser su vida. Imposible.

Maximo continuó conduciendo hacia el norte, pero cuando llegaron a Messina el último ferry hacia la península italiana había zarpado. Junto a la terminal había un pequeño hostal, pero sólo tenían libre una habitación individual.

–No compartiré una habitación contigo –dijo ella con rabia, mientras se alejaban de la terminal marítima–. Nunca volveré a dormir contigo en la misma habitación. Nunca volveré a tocarte ni a ...

–¡Cass!

–¡No! No lo entiendes. ¿No te das cuenta de lo que me has hecho? –estalló ella–. Te odio, Maximo. Te odio por lo que nos has hecho, por lo que me has hecho. Nada de esto tenía que haber sucedido. Eras un hombre casado. No tenías derecho a seducirme.

–Tienes razón –dijo él, deteniendo el coche en un stop–. No tenía ningún derecho.

–Pero lo hiciste.

Maximo dejó caer la cabeza sobre el volante y cerró los ojos.

–Tú fuiste mi perdición –dijo con una risa seca–. Caí muchas veces, pero tú me hiciste ponerme de rodillas. Y no sólo a tus pies. Pasé muchas horas en la catedral rezando, pidiéndole a Dios que me diera fuerzas para alejarme de ti. Recé para que me perdonara por amarte tanto cuando no te merecía ni podía tenerte.

Cass cerró los ojos con fuerza. La confesión de Maximo no era ningún consuelo, sólo la hacía sentirse peor.

–Sólo quiero volver a casa.

–Lo sé, y lo siento –dijo él.

–No era necesario que me trajeras tú personalmente... –empezó ella, necesitando estar sola, lejos de él.

–Pero teníamos que hablar, *bella*.

Maximo sacó su teléfono móvil y empezó a llamar a distintos hoteles para buscar una habitación. Veinte minutos más tarde, había aparcado en una callejuela lateral y seguía llamando sin éxito. Tal y como había temido, era el final de la estación estival y unas fechas que coincidían con la Fiesta de la Madonna de la Luz, y no había habitaciones libres en ningún hotel. Al final, no tuvieron más remedio que aceptar la pequeña habitación en el hostal que había junto a la terminal de ferry.

El propietario del hostal les llevó por una estrecha y desvencijada escalera de madera hasta la tercera planta.

—Al menos tiene una cama —dijo Maximo resignado al ver la pequeña habitación modestamente amueblada.

—El cuarto de baño está al final del pasillo del segundo piso —les informó el propietario.

Cass sacó el neceser de la maleta y fue al cuarto de baño común. Allí tuvo que ducharse con agua fría, y cuando volvió a la habitación envuelta en la toalla de baño, encontró a Maximo sentado en el alfeizar de la ventana, contemplando la bahía.

—Hace calor aquí —comentó ella, sujetándose mejor la toalla sobre el pecho.

—No creo que bajen las temperaturas —dijo él.

—Entonces deberías darte un baño. Eso te refrescará.

—¿Oh?

—No hay agua caliente.

—Excelente —dijo él.

El tono seco de su voz la hizo sonreír, pero la sonrisa se desvaneció cuando vio la diminuta cama que había en mitad de la habitación.

—No vamos a dormir los dos ahí, ¿verdad?

Maximo se levantó, se quitó la camisa y la dejó en el respaldo de la vieja silla de madera que había en la esquina.

—No estoy de humor para dormir en el suelo.

—Ya, pero...

—Antes dormíamos muy juntos —le recordó él.

—Sí, pero...

–Sobrevivirás, Cass. Es sólo una noche. La última noche. Te lo prometo –Maximo habló con voz cansada.

Cass se metió en la cama y deslizó las piernas entre las sábanas limpias. Maximo se dirigió hacia la puerta para ir al cuarto de baño.

–Buenas noches, *carissima*.

Cuando él se fue, Cass rompió a llorar y se cubrió la cara con el brazo. Ahora entendía por qué él nunca le había ofrecido el amor y el tiempo que ella deseaba. Porque tenía una esposa y otra vida que nada tenían que ver con ella.

Estaba tendida de costado, mirando hacia la pared, cuando lo oyó regresar y cerrar la puerta del cuarto tras él. Poco después, lo sintió tenderse junto a ella, en la pequeña cama, y ella trató de pegarse más a la pared. La cercanía de su cuerpo la estaba volviendo totalmente loca, y se sentía un manojo de nervios, una mezcla de miedos y de deseos que no podía reprimir.

Sintiéndolo a su lado, Cass recordó cada emoción y cada sensación que había tenido con él, y también el intenso placer que había encontrado en él, para perderlo después.

Sintió la mano masculina en la curva de la cadera.

–Perdóname, Cass –susurró él respirándole junto a la nuca.

–No puedo –dijo ella, apretándose la sábana contra el pecho–. Eres... eres...

La acusación quedó suspendida en el aire.

–Te quiero.

–Por favor –dijo ella, cerrando los ojos, tratando de alejarse más de él–. Ten un poco de respeto hacia ti mismo...

Bruscamente, Maximo la tendió sobre su espalda y se inclinó sobre ella.

–Hace mucho tiempo que lo perdí –le aseguró él.

–¡Yo tampoco lo tendría si hubiera estado engañando a mi esposa, si hubiera tenido un romance a sus espaldas! –exclamó ella, luchando por sentarse, pero él no se lo permitió.

–Nunca quise engañarla –dijo él–. Nos conocíamos desde la universidad y entonces yo pensaba que estábamos hechos el uno para el otro.

Cass oyó el tono de amargura en su voz, y también la ironía.

–¿Y qué ocurrió?

–Tuvo un accidente con nuestro primer coche. Con nuestro prototipo –confesó él, pasándose una mano por el pelo, destrozado por los remordimientos–. El prototipo tenía un fallo, aunque se hubiera podido evitar. Emilio lo conocía, pero quería los coches en el mercado cuanto antes, y no me informó de nada. Sólo lo supe después del accidente de Lorna.

Cass se frotó la frente, incómoda, y le pidió que encendiera la luz. Quería verle la cara, lo necesitaba. No más secretos, y no más mentiras.

Maximo encendió la lámpara de la mesita de noche. Su cara reflejaba todo el dolor del mundo. Cass se incorporó y se sentó en la cama.

–Mi propia esposa tuvo que morir para que yo empezara a hacer preguntas, a excavar en los informes de tráfico, a hacer averiguaciones. Descubrí

que había habido otros accidentes, y que el prototipo tenía un sistema de frenado defectuoso –continuó él, atormentado–. Pero la culpa también fue
mía. No tenía que haber confiado en los informes
escritos que Emilio me daba. Tenía que haber estado
allí, personalmente, supervisando las pruebas.

Cass no dijo nada. Dobló las rodillas y las pegó
al pecho, rodeándolas con los brazos.

–También tenía que haber estado más tiempo con
Lorna –continuó él–. Quizá así ella no hubiera buscado amor en otro.

–¿Tuvo un amante?

–Sobato –dijo Maximo, mascullando el nombre
con rabia–. Yo viajaba mucho, y supongo que ella se
sentía sola. Lorna empezó a salir con Emilio, y supongo que una cosa llevó a la otra.

Cass cerró los ojos. Tenía que habérselo imaginado.

–No me extraña que odies a Emilio.

Maximo alzó la comisura de los labios, pero no
estaba sonriendo.

–Estaban planeando irse juntos, pero antes tenían
que conseguir mi dinero para poder vivir a lo grande
en algún país de Sudamérica o alguna isla perdida
del Pacífico.

Cass frunció el ceño.

–Pero eso es imposible. ¿Cómo iban a conseguir
tu dinero?

–Con mi muerte –dijo él–. Yo era quien tenía que
probar el prototipo.

Cass aspiró una bocanada de aire. Todo lo que
Maximo le estaba contando la asustaba.

–¿No le bastaba con divorciarse? –preguntó.

–Sólo se hubiera llevado la mitad de mis activos –dijo él–. Al menos eso fue lo que le dijo Emilio. Ni siquiera sé si estaba de acuerdo. Estaba embarazada y...

Cass apenas podía respirar, ni ver, sólo sentir.

–Era una niña –continuó Maximo–. Yo la acompañé al médico, y estuve allí cuando le hicieron la primera ecografía. Todavía la conservo. Aún no se por qué.

–Porque querías a tu hija.

–¿Aunque no fuera mía?

Cass tragó saliva. Todo parecía haberse dado la vuelta, y ella no lograba encontrar el equilibrio. Hacía apenas una hora, Maximo había sido el malo, el hombre casado que la había engañado, pero ahora sabía que en realidad la mujer con la que se había casado, a la que había prometido proteger y cuidar, había tratado de matarlo.

–¿Cómo sabías que no era tuya? ¿Te hiciste alguna prueba?

–No, pero Emilio dijo...

–Los dos sabemos que Emilio es un mentiroso.

Maximo se pasó una mano por el pelo, despeinándose.

–Ha sido una vida terriblemente larga, *bella*. Me siento como si tuviera ciento cincuenta años, no treinta y tantos.

Por primera vez en toda la noche, Cass por fin comprendió. Comprendió el cansancio de Maximo, su agotamiento y su dolor, y se llevó un puño cerrado a la boca.

—¿Lorna perdió al bebé en el accidente?

—Cayó por un acantilado cerca de nuestra casa. La rescataron en un helicóptero, inconsciente, y nunca volvió a despertar —dijo él, con una voz cargada de dolor—. No debí permitir que la conectaran al respirador artificial. Su familia estaba furiosa conmigo. Dijeron que eso no era lo que Lorna hubiera querido, pero era lo que yo quería...

—La amabas —dijo Cass, con dulzura.

—Sí —dijo él, mirando sin ver.

Ya no estaba con Cass, sino en algún lugar horrible y doloroso, frío y terrible.

—¿Y Emilio? —insistió Cass.

—Se fue. No con mi dinero, pero con el de Lorna. Lorna había cambiado su testamento y lo nombró su heredero.

Cass se dio cuenta de que el odio de Maximo hacia Emilio era comprensible. Ahora entendía su reacción al verla aparecer de su brazo en el *palazzo*. Y la reacción de toda la familia.

—Lo siento mucho —susurró ella, sabiendo que las palabras eran insuficientes, y que nada de lo que dijera podría cambiar el pasado.

Y seguramente tampoco cambiaría el futuro.

Maximo se encogió de hombros, pero no estaba tranquilo. Tenía las facciones tensas, y un destello de ira en los ojos.

—Al menos hubiera podido esperar un poco —masculló Maximo.

—¿Se fue con otra mujer?

—Inmediatamente.

Capítulo 13

TE VAS.

La voz grave de Maximo la detuvo en la puerta. Eran casi las cuatro y media de la mañana y Cass estaba segura de que él dormía. Se había vestido en la oscuridad, deseando irse de allí para siempre.

–¿Por qué te vas? –preguntó él.

–Ya sabes por qué –dijo ella, con un nudo en la garganta–. Tú sabías cuál era mi mayor temor...

–Cass, soy libre. Ya no estoy casado.

–Pero, ¿y los últimos dos años y medio? Me pusiste en una situación en la que no podía ganar. Sólo era la querida oculta en un rincón de tu vida.

–Siempre pensé que las cosas cambiarían.

–¿Cómo? –dijo Cass, colgándose el bolso del hombro–. ¿Metiéndote en la habitación de tu mujer y desconectando el respirador?

Maximo no respondió. El silencio era ensordecedor, y Cass se dio cuenta de que había sido una reacción impulsiva que él no merecía.

–Perdona.

–No importa. Ya me has juzgado, condenado y sentenciado a cadena perpetua, ¿verdad? –dijo él, en tono burlón. Apartó las sábanas y se vistió rápidamente en la oscuridad–. Será mejor que nos vayamos.

No muy lejos encontraron un pequeño restaurante abierto donde se sentaron en una mesa junto a la ventana, sin mirarse, y pidieron café. Afuera todavía era de noche, y Cass, sujetando la taza humeante con las manos, se negó a seguir pensando.

Tenía muchas cosas que hacer. La más importante era recuperar su trabajo y la confianza de las empresas que habían puesto en sus manos sus cuentas de publicidad.

No necesitaba una relación sentimental, ni un compañero, ni un amante.

Estando soltera, podría conseguir mucho más. Tendría libertad total para viajar y trabajar más.

Aunque no le hubiera importado ser una madre soltera.

¡Cómo deseaba ser madre! ¡Cómo deseaba cuidar, proteger y amar a un niño!

Recordó la conversación con el especialista en neonatos que le explicó la gravedad de las deformidades del bebé que crecía en su vientre: unas extremidades que no eran extremidades, un corazón incapaz de latir. Y sin embargo ella había querido aquel bebé.

Porque para ella, el hijo de Maximo nunca sería un monstruo. Siempre sería un regalo, una bendición, a pesar de todos sus defectos.

Parpadeó, y se sobresaltó al sentir el golpe de una lágrima en la taza de café. Dio un respingo y el café se derramó por el borde de la taza, escaldándole el dorso de la mano.

–¿Qué haces? –exclamó Maximo, poniéndose en pie y quitándole la taza de la mano–. Te has quemado.

–No es nada –protestó ella.

–Ve enseguida a ponerte agua fría.

–Estoy bien –insistió ella.

Maximo la sujetó del brazo y la llevó hasta los servicios del restaurante. En el lavabo, abrió el agua fría y le metió la mano bajo el chorro helado.

–¿Qué estás haciendo, Cass? –preguntó él, mirando su reflejo en el espejo.

–No te entiendo.

–Claro que me entiendes. Me estás apartando, haciendo esto imposible.

–¡Siempre ha sido imposible! Sólo que antes yo no lo sabía.

–Cass...

–¿Te hubieras quedado con el hijo? –le espetó ella de repente, interrumpiéndolo–. ¿El hijo de Lorna? Aunque no fuera tuyo.

Maximo no apartó la mirada.

–Si Lorna se hubiera quedado conmigo y el bebé hubiera sobrevivido, sí. Por supuesto.

–Nuestra hija no estaba bien –dijo Cass, bajando la voz, sintiendo que algo se desplomaba en su interior–. No estaba bien formada, pero era maravillosa, y a pesar de lo que decían los médicos, yo la quería.

–Y yo te dije que no te gustaban los niños –dijo él, pidiéndole perdón con el tono de voz.

–No me conocías –dijo Cass, sin poder apartar la mirada de él–. Nunca supiste cuánto te necesité, Maximo. Cuánto te necesité en el hospital conmigo, cuánto necesitaba tener a alguien a mi lado. Cuando más te necesitaba, ¿dónde estabas?

Maximo sólo la miró, pero no dijo nada, porque los dos conocían la respuesta. No estuvo con ella porque tenía que estar con su esposa.

Cass se hundió contra el lavabo.

—Me hubieras tenido para siempre en tierra de nadie —protestó débilmente.

—No quería perderte. No podía soportar perderte. Tú eras la única persona que me daba vida, que me daba esperanza —dijo él—. Odiaba tanto a Emilio que hasta que te conocí sólo pensaba en la venganza. Mi único objetivo era convertir su vida en una pesadilla, como él había hecho con la mía. Pero cuando te conocí, por primera vez en ocho años, sentí algo bueno.

Cass sintió estallidos de dolor en el cuerpo. Quería protestar, pero sólo pudo mirar el reflejo del rostro masculino en el espejo.

Maximo cerró bruscamente el grifo.

—Había olvidado que la ternura existía. Pero cuando te abrazaba, cuando te miraba, sentía de nuevo esperanzas. Esperanza —repitió sin levantar la voz—. Es lo que sienten los niños, pero eso fue lo que tú me diste.

Esperanza.

Lo mismo que él le había dado a ella.

—No sé si alguna vez te olvidaré —dijo ella, consciente del frío del lavabo en las caderas—, pero sé que no puedo seguir así...

—Entonces probemos algo diferente.

—¿Como qué? ¿Vivir juntos? ¿Casarnos?

–Sí.

–Lo decía en broma.

–Yo no.

Cass se apartó de él y se dirigió hacia la puerta. Había llegado el momento de la ruptura definitiva, y de comenzar de nuevo. Dejaría Roma, se iría de Italia, y buscaría trabajo en otro país, en otra ciudad, Londres, quizá. O Nueva York. O Tokio. Donde fuera, pero lejos de él.

De vuelta en el coche, esperaron en silencio para embarcar en el ferry, y ya en tierra firme tomaron la autopista de Roma. Dado que era domingo, el tráfico era fluido, y pocas horas después Maximo tomó la salida que conducía a la zona donde Cass vivía. Entonces, Maximo le puso la mano en la rodilla, la palma descansando sobre el muslo, y ella sintió un tirón en el pecho, un doloroso apretón en la garganta que no la dejaba respirar.

Una lágrima empezó a deslizarse bajo el ojo cerrado y rezó para que él no la viera.

Pero Maximo apretó los dedos con firmeza sobre su rodilla.

–No llores.

–No estoy llorando.

Cass sintió la punta del dedo masculino en la mejilla, secando la lágrima.

–¿Qué es esto? –preguntó él, con voz ronca, la voz que ella siempre había amado.

–Nada –dijo Cass. Estaba cansada. Apenas podía pensar–. Sólo me habría gustado... –no completó la frase.

Maximo la miró.

–¿Qué?

–Me habría gustado que una vez, sólo una vez, hubieras luchado por mí. Hubieras luchado de verdad por mí, para darnos la oportunidad de ser libres, de estar juntos.

–Lo intenté.

–No, te fuiste. Ni siquiera después de la muerte de Lorna me llamaste ni te pusiste en contacto conmigo.

Maximo aspiró hondo, y dejó escapar un largo suspiro.

–No fue fácil. Primero fue el juicio –empezó a explicar él, con voz cansada–. Los padres de Lorna estaban cansados de mantenerla con vida artificialmente y presentaron una demanda para desconectar el respirador artificial y dejar que Lorna descansara en paz. Recabaron muchísima información que demostraba que, aun en el caso de la remota posibilidad de que recobrara la conciencia, Lorna nunca se recuperaría. Había estado demasiado tiempo sin oxígeno durante el accidente, y yo no podía continuar insistiendo en mantenerla con vida. Los d'Santo me pidieron que testificara, a lo que yo accedí. Por fin tenía la oportunidad de hacer algo bueno.

–¿Testificaste? –preguntó Cass.

–Me citaron para hacerlo, pero Sobato se presentó ante el juez asegurando que yo tenía un motivo para desconectar el respirador de Lorna. El juez me preguntó si había conflicto de intereses por mi parte, y lo había –Maximo miró a Cass, buscó su mirada–. Tú.

Cass no sabía qué decir y esperó a que él terminara de contárselo todo.

–Les dije a los d'Santo que no podía testificar porque les perjudicaría, pero al no testificar yo, el marido de Lorna, a favor de desconectar el respirador artificial, los d'Santo perdieron el juicio.

–¿Cuándo fue eso? –preguntó Cass.

–En febrero.

–El mes que me dejaste.

–Estaba destrozado –dijo él–. Habíamos hecho planes para ir a París. Tú fuiste primero y yo tenía que seguirte, pero el juicio estalló, y ese fin de semana tú estallaste también. Estabas tan guapa aquella última noche -recordó él–, tan vulnerable. Y cuando me dijiste que necesitabas más, lo entendí –se le quebró la voz–. Yo también necesitaba más.

Cass apenas podía respirar.

–Pero Lorna murió en junio, y tampoco me llamaste...

–Han pasado tres meses, sí –reconoció él–. Pero además del funeral y del duelo, ni la familia de Lorna ni yo podíamos permitir que Emilio heredara nada. Así que continuamos la batalla legal, que fue increíblemente complicada –continuó explicando él. Después soltó una risa ronca–. Había vivido un infierno durante diez años, Cass, y de repente estaba libre. Y no podía pensar nada más que en ti –Maximo hizo una pausa–. Pero cuando Lorna murió no sentí pena, sino alivio, y alegría, y eso me dio más remordimientos. ¿Cómo podía alegrarme de la muerte de mi mujer?

Maximo aparcó delante del edificio de apartamentos donde Cass vivía en el espacioso ático con terraza que Maximo le había regalado.

–¿Tenías intención de buscarme alguna vez?

–Sí.

–Lo dices, pero...

–Cass, no puedo vivir sin ti.

Pero no era cierto. Maximo había vivido sin ella perfectamente. Ella era la que apenas había sido capaz de sobrevivir sola y la dependencia que tenía de él la horrorizaba. No quería depender de nadie, ni ser tan vulnerable, ni volver a sufrir tanto como había sufrido.

Cass bajó del coche y Maximo abrió el maletero para sacar su maleta.

«Despídete», se dijo, «y termina de una vez por todas con este episodio de tu vida».

Estiró la mano para agarrar la maleta, pero Maximo no se la dio.

–Si no he dicho las palabras adecuadas –dijo Maximo, con voz grave–, déjame intentarlo otra vez. Porque, Cass, te necesito.

Cass tragó saliva, desvió la mirada y negó con la cabeza.

–No.

–Y te deseo.

Ella se mordió con fuerza el labio inferior.

–Y te quiero, es la verdad.

–Maximo...

–Te he querido desde el principio. Todos estos años. Más de lo que puedas imaginar, pero me sentía culpable por Lorna, por desearte con la intensidad que te deseaba cuando ella estaba en el hospital, no muerta, pero tampoco viva.

Cass no podía soportar ver cómo se desnudaba ante ella, y lo vulnerable que era por ella, pero no dijo nada. Tampoco lo miró cuando él la tocó.

—Quiero otra oportunidad —insistió él—. Me niego a aceptar que lo nuestro haya terminado, que no podemos intentarlo...

—No podemos —le interrumpió ella, alejándose de él, poniendo más distancia entre los dos.

—Tú me quieres —dijo él—. Lo sé.

—Eso ya no importa. Adiós, Maximo.

Y con la maleta en la mano, Cass entró en el edificio de apartamentos y cerró la puerta sin mirar atrás.

Apenas había entrado en su apartamento cuando la puerta se abrió y Maximo apareció en el umbral, con las manos apretadas a los costados, respirando entrecortadamente. Al verlo, Cass alzó una mano, como para protegerse.

—No —dijo él, yendo hacia ella—. No me iré. No permitiré que esto termine así. Porque lo nuestro no ha terminado —afirmo, tomándola de un brazo.

Cass apretó los dientes y trató de girar la cabeza hacia otro lado, pero él le sujetó la mandíbula con la mano y la obligó a mirarlo.

—El problema, *carissima*, es que lo que hay entre nosotros es demasiado intenso, y yo estoy dispuesto a aceptar lo que me tú quieras dar, amor u odio, lo que sea, porque no pienso dejarte marchar.

Cass frunció el ceño, sintiendo que estaba a punto de estallarle la cabeza.

—Estás loco —dijo, zafándose de su mano.

—Por ti.

Ella dio un paso atrás, pero él la siguió, paso a paso, y con cada paso que ella retrocedía, él avanzaba. Hasta que sintió la pared del salón a la espalda.

–Vete –dijo ella, rezando para que el temblor de su voz no la traicionara.

El miedo y la adrenalina le aceleraron el pulso. Aquélla no era la situación que quería. La ira de Maximo la asustaba.

–Me quieres –repitió él, sujetándole una de las muñecas y pegándola contra la pared por encima de su cabeza.

Cass sintió un estremecimiento de pánico al sentir los dedos masculinos en la otra muñeca. Maximo le levantó el brazo hasta la pared y le sujetó las dos muñecas con una mano, inmovilizándola.

–¿Qué estás haciendo? –quiso saber ella, con el cuerpo totalmente en tensión.

–Me quieres –repitió él–, y quiero oírtelo decir.

–¡Qué arrogante eres! –dijo ella, echando la cabeza hacia atrás.

Pero Maximo pegó su cuerpo a ella, y le separó las piernas con la rodilla, metiéndose entre las dos piernas, haciéndole sentir su calor y su fuerza.

Cass se estremeció. Estaba asustada y excitada a la vez. Muy a su pesar, su cuerpo estaba reaccionando ajeno a los dictados de su mente y la estaba traicionando.

Las manos de Maximo se abrieron lo suficiente para cubrirle las muñecas, y su cabeza descendió hacia ella, rozándole la sien con los labios, y después la ceja, el hueco del lóbulo de la oreja. Cada roce de sus labios le provocaba un estremecimiento, que Maximo absorbía en su cuerpo.

–Reconócelo, me quieres –le susurró él al oído con voz ronca y pastosa, a la vez que se movía y se frotaba contra ella.

Capítulo 14

RECONOCER que lo amaba para que volviera a destrozarle el corazón? No, jamás.

Los labios de Maximo acariciaban los suyos, y ella intentó girar la cabeza, pero él no se lo permitió.

—Reconócelo, me quieres.

Cass apenas podía respirar, pero necesitaba recuperar el control de su cuerpo para poder sobrevivir al intenso placer que Maximo despertaba en ella. Se recordó que no era más que sexo, aunque ella lo había confundido con amor. No volvería a cometer la misma equivocación.

Maximo deslizó la mano por todo su cuerpo, desde la muñeca descendiendo por la suave curva del brazo y el hombro hasta el seno. Ella se tensó y se estremeció. Era un ataque a sus sentidos, y a pesar de que ella quería ignorar sus manos y sus caricias, lo deseaba demasiado para cerrarse. Ahora Maximo no estaba furioso, ni frío. Era cálido y tierno y la estaba llevando una vez más a un mundo de sensaciones que conocía perfectamente.

Él continuó acariciándola hacia abajo, las costillas y las caderas, el vientre liso, a la vez que le besaba los labios.

–Me quieres –repitió, con la voz tan grave y ronca que parecía abrirle el corazón de par en par.

No estaba dispuesto a aceptar una negativa, ni a dejarla escapar.

–Me quieres –dijo sobre su boca.

Cass trató de apartar la cabeza, pero no pudo. El beso era demasiado cálido, y estaba demasiado cargado de pasión y deseo.

–No –susurró ella, estremeciéndose, temblando.

–Sí –dijo él, hundiendo una mano entre sus cabellos.

Ella apenas podía respirar. No podía escapar, no podía huir de él, no ahora, después de haber sufrido tanto, de haber estado tan sola sin él. Cuando todavía lloraba por la vida que habían concebido juntos, cuando todavía esperaba tener más hijos. Con él.

Pero él le había hecho mucho daño, manteniendo en secreto una de las partes más importantes de su vida.

Por eso, a pesar de lo mucho que lo necesitaba y que lo amaba, no podría soportar otra decepción. No podía entregarse de nuevo a él para volver a perderlo.

Cerró los ojos e intentó no pensar, pero los labios masculinos estaban separando los suyos, bebiendo el aire de sus pulmones, y ella se sintió hundirse en él, totalmente, sin defensas.

Durante un largo momento, se sintió perdida, desaparecida. Sin límites entre ellos. Sólo emociones, sensaciones.

No supo cuánto rato la besó, pero cuando finalmente Maximo levantó la cabeza, la besó en los labios, la nariz, los ojos cerrados.

–Me quieres –dijo, esta vez con una ternura infinita que terminó con todas sus defensas.

Lo amaba. Más de lo que debía, más de lo que era prudente, y lo deseaba en aquel momento y para siempre, aunque para siempre fuera un imposible.

Maximo le acarició el labio inferior con el pulgar.

–Me quieres –dijo él.

Lentamente, Cass abrió los ojos. Él la estaba mirando intensamente a la cara.

–No sé qué decir –dijo ella, tras un silencio.

–Sí lo sabes, pero tienes miedo de conseguir lo que siempre has querido.

Cass lo miró, con un nudo en la garganta.

–Tienes miedo de ser feliz a mi lado –continuó él–. Conmigo.

Los ojos de Cass se llenaron de lágrimas.

–Por favor, no me dejes, nunca –se rindió por fin, incapaz de seguir oponiéndose a sus deseos.

–No tengo la menor intención de hacerlo. Cass, te quiero. Con un amor que no se puede medir ni comparar, pero no sólo te quiero. Te necesito. Necesito tu corazón y tu mente, tu valor y tu risa. He estado solo muchos años y no quiero seguir estándolo, al menos ahora que sé lo que quiero. Y lo que quiero eres tú. Para siempre.

–Maximo...

–Cásate conmigo.

–Maximo.

–Y no me digas que no, Cass. No lo podría soportar –dijo él, con los ojos húmedos, sin intentar siquiera secarse las lágrimas que colgaban de sus pestañas.

Cass le puso una mano en el pecho.

—Tienes razón. Tienes razón y yo te quiero, y me casaré contigo, cuanto antes.

Con todo el trabajo que tenía Cass en Aria Advertising para recuperar sus clientes y tranquilizar a su propietario, Maximo se ofreció a organizar la boda, aunque aceptó la condición que impuso Cass: una ceremonia sencilla y una recepción sólo para familiares y amigos.

Se fijó la fecha para un día simbólico. El día de Año Nuevo. Era un nuevo comienzo, un nuevo año, una nueva vida.

Para la boda, Cass eligió un elegante traje blanco de seda y chiffón sin velo y un moño clásico, sin más joyas que los sencillos pendientes de diamantes que Maximo le regaló la noche anterior.

La ceremonia privada era lo que Cass quería, y cuando se intercambiaron los anillos y el juramento de fidelidad, Cass sintió paz, paz y alegría. Por amar tan intensamente y ser correspondida.

La recepción tuvo lugar en los salones del *palazzo*, elegantemente decorados para la ocasión.

—¿Sabes cuánto te quiero? ¿Sabes cuántas veces doy gracias a Dios por tenerte? —le susurró él al oído, a la entrada del salón de baile.

Los labios de Cass se curvaron en una radiante sonrisa.

—Lo sé, porque lo noto. Cada momento de cada día, y me hace pensar que todo es posible.

Maximo le rozó la mejilla con el labio.

—Todo es posible.

—Sí —dijo ella, emocionada y feliz—. Porque incluso dos personas imperfectas como nosotros podemos crear algo perfecto como fruto de nuestro amor.

Maximo frunció el ceño y le buscó la mirada con los ojos.

—¿Un hijo?

—Sí —respondió ella—, nuestro hijo.

Cass titubeó un momento, recordando el primer embarazo y el dolor de la primera ecografía.

—Todavía es muy pronto. Podría haber problemas...

—Los superaremos juntos.

—Pero incluso si la niña no estuviera bien, incluso si hubiera algún problema, seguiría siendo nuestro regalo perfecto.

—¿Crees que es una niña?

—No lo sé, pero sé que serías un padre increíble para una hija. Siempre has cuidado a todas las mujeres de tu familia.

Epílogo

Siete meses y medio después.

Makis Guiliano llegó al mundo a las siete de la tarde, gritando a pleno pulmón y después de un parto increíblemente largo y difícil para la madre.

Con casi cinco kilos de peso, Makis era un bebé de hombros fuertes y con mucho carácter, como su padre.

Cass estaba agotada, todavía en el paritorio, con Maximo a su lado, que no se había separado de ella desde el momento que empezaron las contracciones.

—El muy sinvergüenza casi te parte por la mitad —comentó Maximo, aunque no podía apartar los ojos de su nuevo hijo.

En el momento en que su padre habló, el recién nacido dejó de llorar y volvió la cabeza hacia la voz.

—Conoce tu voz —dijo Cass.

—Más le vale —respondió Maximo—. Soy su padre.

—Es precioso, ¿verdad?

—Sí —dijo Maximo, tomando al bebé envuelto en una toalla que la enfermera le ofrecía.

—Tendrás que tener cuidado, Maximo —dijo Cass, después de observar a padre e hijo—. Si no, mucho me temo que enseguida podrá contigo.

Maximo hizo una mueca.

–Eso es horrible, aunque creo que tienes razón –dijo él, y depositó un beso en la frente de su hijo recién nacido.

Por primera vez en veintidós años Cass recordó lo que era sentirse inocente y a salvo. Amada y protegida. Y era una sensación maravillosa.

Bianca®

Estaba atrapada en el reino de aquel jeque...

El jeque Khaled Al-Ateeq le había garantizado a Sapphire Clemenger que haría realidad su sueño: diseñar el vestido de novia de la mujer que él eligiese para casarse...

Pero el trato no era tan sencillo como parecía. Sapphy debía acompañar al guapísimo príncipe a su exótico palacio en el desierto, pero allí él le prohibió conocer a su futura esposa. Fue entonces cuando Sapphy comenzó a dudar que realmente existiese esa mujer... Sobre todo cuando descubrió que las medidas para el vestido de novia eran las suyas.

Robada por un jeque

Trish Morey

Acepte 2 de nuestras mejores novelas de amor GRATIS

¡Y reciba un regalo sorpresa!

Oferta especial de tiempo limitado

Rellene el cupón y envíelo a
Harlequin Reader Service®
3010 Walden Ave.
P.O. Box 1867
Buffalo, N.Y. 14240-1867

¡Si! Por favor, envíenme 2 novelas de amor de Harlequin (1 Bianca® y 1 Deseo®) gratis, más el regalo sorpresa. Luego remítanme 4 novelas nuevas todos los meses, las cuales recibiré mucho antes de que aparezcan en librerías, y factúrenme al bajo precio de $3,24 cada una, más $0,25 por envío e impuesto de ventas, si corresponde*. Este es el precio total, y es un ahorro de casi el 20% sobre el precio de portada. !Una oferta excelente! Entiendo que el hecho de aceptar estos libros y el regalo no me obliga en forma alguna a la compra de libros adicionales. Y también que puedo devolver cualquier envío y cancelar en cualquier momento. Aún si decido no comprar ningún otro libro de Harlequin, los 2 libros gratis y el regalo sorpresa son míos para siempre.

416 LBN DU7N

Nombre y apellido	(Por favor, letra de molde)

Dirección	Apartamento No.

Ciudad	Estado	Zona postal

Esta oferta se limita a un pedido por hogar y no está disponible para los subscriptores actuales de Deseo® y Bianca®.
*Los términos y precios quedan sujetos a cambios sin aviso previo.
Impuestos de ventas aplican en N.Y.

SPN-03   ©2003 Harlequin Enterprises Limited

Jazmín®

Un futuro distinto

Barbara McMahon

Empezaba a disfrutar de su soledad... cuando descubrió que se había quedado embarazada

Su única hija acababa de casarse y ahora, a sus casi cuarenta años, Sara Simpson estaba a punto de celebrar... su propio matrimonio. Criar sola a su hija había resultado muy difícil, pero su nueva filosofía de vivir las cosas al máximo la empujó a celebrar un matrimonio relámpago.

Tenía la intención de disfrutar de la vida y viajar un poco con su flamante esposo para disfrutar de la libertad... pero resultó que se había quedado embarazada en la noche de bodas...

Deseo®

Cuando se apaguen las luces
Heidi Betts

8:00 a.m. – Llamar a la biblioteca para decir que estoy enferma.

8:01 a.m. – Buscar el número de una esteticista de emergencia.

10:00 -12:00 – Peluquería. Adiós al aburrido pelo castaño, bienvenido el pelirrojo.

12:00 -5:00 p.m. – Manicura. Maquillaje. Ropa.

10:00 p.m. – Llegar al club como si estuviera acostumbrada a ir a sitios así.

11:00 p.m. – Defenderse de las insinuaciones de los babosos y de la sensación de haber fracasado.

11:30 p.m. – Refugiarse en los brazos de Ethan Banks. No permitir que la caballerosidad del guapísimo propietario del club impida el éxito de la misión.

Cuando se apaguen las luces: perder la virginidad... por fin.

Cumplía 31 años y se había dado un plazo de veinticuatro horas para hacer un cambio radical en su vida